愛惨々

1

私はまさか、東京からはるか離れた東北の名もない町でルリ子と逢うなどとはおもってもみなかった。ルリ子とはおよそ二十年めくらいの再会である。

再会したとき、私は七十五歳だったので、十歳離れていたルリ子は六十五歳になっているはずだ。

二十年めに逢ってすぐにおもったことは、六十五歳になってもルリ子は相変わらず美しいということだった。そんなルリ子と二十年前、しばしば情事を重ねていたことを思い出した。追憶がよみがえり懐かしさがあふれ、目まいに似た感じを覚えたほどだった。

このような偶然の再会というものは、小説の世界のことであり、現実の人生ではそんなに起こりえることではないとおもう。

ルリ子は新宿歌舞伎町の裏通りで「瑠璃《るり》」という酒場を開いていた。カウンターだけの狭い酒場だったが、いつも常連客で賑わっていた。

美貌だったが、特別に水商売に長《た》けているようには思えなかった。ルリ子は初々しさを身に着けていた。四十代のルリ子に客を惹《ひ》き付ける魅力があったのは、経験で会得したテクニックというより天性のものだったかもしれない。

毎夜のように通ってくる客もいた。ほとんどの客がマダムのルリ子が自分に気があるのではないかと考えていた。私も心のどこかでルリ子は私に好意を持っているのではないかとおもって通っていた。

ルリ子は男性に誤解させるような言動を何気なく呟いた。その言葉は自分だけに向けられたものだと客の男性は誤解した。

「きょうは気分が乗らないからお店を休もうとおもったけど、あなたが来るような気がして、お店を開いたの……。お店、開けてよかったわ」

そんな言葉を耳もとでささやかれて悪い気がしない。ささやかれた男は、ルリ子が自分に対して特別な好意を持っていると考えたとしても責められるべきではない。

私も最初、ルリ子に呟かれた言葉は「私の好きになる男性はみんな奥さんがいるのよね。武ちゃん（私の名は武田則夫《たけだのりお》）もそうだし……」という言葉だった。それから、私も魅入られたように、足しげくルリ子の店に通うようになった。

隅で呑んでる私に、ルリ子はときどき切なげに潤んだ視線を向けてくる。瞳《め》は何かを訴えるように語りかけてきた。

私はそのころ結婚二十数年を迎えたうだつの上がらないサラリーマンだった。私は五十歳を越えて、やっと中小企業の課長になったばかりだった。「瑠璃《るり》」は、下請けの社長の接待で立ち寄った店だった。最初は、ルリ子は私のネクタイの趣味のよさをほめた。私の自信のネクタイで、ルリ子がそのネクタイに注目したことが嬉しかった。

「このネクタイをプレゼントした女性、愛人だわ……彼女、きっと素敵なひとね……」

と、いってルリ子は微笑んだ。そのネクタイは妻が誕生日に贈ってくれたものだったが、私はほめられて悪い気がしなかった。

それから半年ほどして私は、新宿で夕食を食べたあと、思い出して「瑠璃」を覗いてみた。六時を少し回った時刻で、まだ、店は開いていなかった。ドアを開けると掃除の最中で、エプロン姿でルリ子はかいがいしく働いていた。

入口に立っている私を見て、驚いたような顔をした。それから、嬉しそうな笑顔になり、「たけちゃん！　どうしたの？」と小首をかしげた。

二度めなのに私の名前を覚えていて、私を愛称で呼んだ。それからルリ子は、例の殺し文句を何気なく呟いたのである。

「ほんとうは、きょうはからだの調子がよくなかったの……。お店を休もうとおもったけど、たけちゃんが来るような予感がしたの……。ほんとよ。店、開けてよかったわ。虫の知らせって本当にあるのね」

しんみりと言って私をみつめた。この一言《ひとこと》で私はルリ子の虜《とりこ》になった。それからというもの、毎日といっていいほど通いつめた。

その頃、私は中央線の西荻窪駅から井の頭に向かう道筋の小さな一軒家で高校生の娘と二人で暮していた。長男は大学の陸上部に入っていて、一年のほとんどを合宿所で過ごしていた。妻は、当時は珍しくなっていた肺結核を患って、長野県のサナトリウムで長期療養をしていた。

安月給ながら家計のやり繰りを自分でしていたので小遣いは比較的自由になった。

それに、「瑠璃」は新宿の酒場にしてはそれほど高価ではなかった。そのために、若いサラリーマンの客も多かった。ルリ子のところで散財する呑み代を工面することに、私はそれほど苦労したということはなかった。常連は妻帯者と独身者が半々だった。

客のほとんどが、心の底にあわよくばルリ子の歓心を自分に引き付けたいというおもいを胸に秘めて通っていた。

現に口説いた常連もいた。それなのにルリ子は口説かれて落ちたということはなかった。口説いた男もその後何事もなかったように通っていた。

いつかはルリ子をモノにしたいと男たちは胸に企みを秘めて通ってきたが、それが実現することはなく、カウンターごしにルリ子の立居振る舞いを眼で追っては、片思いの切ない慕情に酔い癡《し》れているのであった。

私も、そんな客のひとりだったが、私は、ルリ子と結ばれることなどあろうはずはないと、最初から半ばあきらめの中にいた。

こうして彼女の前で恋の妄想にひたっているだけで満足だ。

私は、傍観者のようなおもいで客と興じているルリ子を見つめていた。

ルリ子の私生活を知っている客はだれもいなかった。信じがたい噂が客の間でささやかれていた。

――大富豪のパトロンがいる。

――パイロットの夫がいる。

――新宿のやくざの大親分の愛人。

――有名政治家の妾の子供。

――大物俳優の恋人。

そのような噂は根も葉もない噂で、聞く人のだれもが半信半疑で受け止め、まともに信じたわけではなかったが、どの噂もルリ子の挙動に重ねてみると、何となくありそうにおもえるのだった。ルリ子は謎めいた女だった。気さくで、飾り気のない女だったが、つかみ所のないところがあった。それがまた、ルリ子の魅力といえば魅力だった。

2

正直な気持ちなのだが、私はルリ子と結ばれるなどとは、一度も考えたことはなかった。ルリ子への慕情は私にとって、沈滞した暮らしのカンフル剤のようなものだった。

憂鬱なとき、退屈なとき、落ち込んだとき、厭世《えんせい》的になったとき、ルリ子をおもうと急に気持ちが明るくなった。

妻の見舞いにサナトリウムに出かけたとき「あなた前より元気になったみたい、私がいなくても大丈夫ね」と妻はいった。私が活力ありげに見えるのはルリ子への恋心のせいだと私はおもった。妻に対して、少し後ろめたい気持ちはあったが、まだルリ子とは関係がないときだったので、暗い罪意識を感ずることはなかった。

私の変化に妻が気付く程度に、私はルリ子をおもうことで生活にハリが生まれていたのかもしれない。

酒場通いが七、八ヵ月続いたある夜、看板の時刻に、珍しく私は最後の客になった。心の隅でそうなることを意図していたが、いつもは、何人かの客を残して先に帰るはめになった。私は、居残り組の客の中にルリ子の愛人がいるかもしれないと疑っていた。最後まで残っていて、私はその事実を知るのが怖かった。ルリ子ほどの女が男なしで過ごしていることは信じられなかった。

ルリ子の相手の男が夫なら仕方がないとおもった。噂に聞いた富豪のパトロンがいたり、大物俳優の愛人がいたとしても、これもまた自分が競り合ってもせんかたない。

ただ、ルリ子が客のだれかと密かに関係を結んでいるとしたら、とても私は耐えられないとおもった。その疑心から、私は最後まで残ることを避けていたのだ。

その夜、私が独り残ると、ルリ子は急いで表の看板の明りを消してドアに鍵をかけた。

「やっと二人きりになれたわね」とルリ子はしんみりといった。

その言い方になんのけれんもわざとらしさもなかった。

「少し呑みましょう。ここからは私のおごりよ」

ルリ子は黙って二つのグラスにブランデーを注いだ。

ブランデーグラスを目の高さに挙げて「私たちの固めの盃《さかずき》よ。ふふふ……」とルリ子はいって、やがて笑いを消して鋭い視線で私をみつめた。

「どうして、今まで、看板近くにそそくさと帰ってしまったの？　私はいつも恨めしくおもいながら見送ったわ」

まじめな顔をしてルリ子は私に訊いた。

「ママの恋人が、居残り組の中にいるとおもったんだ。その人がだれかを、おれは知りたくなかったんだ……」

私は、正直に自分の気持ちを話した。

「考えすぎよ。私はたけちゃんと逢ったその日からあなただけよ。私の気持ち、わからなかったのかしら……。鈍感ね」

ルリ子は怒った口調でいって、目尻ににじみ出した涙を指でぬぐった。明らかにルリ子の愛の告白だった。

私は感激し、制御しがたい感情のうねりに身をまかせた。療養中の妻の姿が脳裏をかすめたが、そのおもいを心から振り払った。ルリ子と愛しあえるなら、妻や子供を裏切り、このまま破滅しても悔いはないとおもった。

その夜、ルリ子に高円寺の裏通りの小さな小料理屋に誘われた。

「この店は私の隠《かく》れ家《が》。いつも独りで呑んで帰るの……。男の人を連れてきたのは初めてよ」

私の耳元で声をひそめてルリ子はいった。私は感激した。

煮魚、野菜の煮物、自家製という烏賊《いか》の塩辛など、家庭料理に近い酒の肴は、どれもが美味だった。女将《おかみ》の家庭料理がこの店の売り物のようだった。

カウンターの後ろに小さな座敷があり、そこに二人はあがった。

「ここは、私の秘密の部屋よ」とルリ子は笑った。

新宿の店が終わってここに来ると、ちょうどこの店が暖簾《のれん》をしまう時間で、それから小一時間、ルリ子はこの座敷で夜食を食べて帰るのだという。

「孤独なのよ、私って……」私を見つめる眼は誘うように潤《うる》んでいた。

ルリ子と女将は相当に親しそうだったが、水商売の不文律とでもいうのか、女将は私にいちど視線を走らせたきり、何事もないようにルリ子と世間話を交わしていた。ルリ子もさらりと私を「店のお客さまで武田さん」と紹介しただけだった。

肴は一品ずつ注文して、二人でつついた。るり子は私のために煮魚を食べやすいように骨から身をほぐしてくれた。何気ない心づかいも、それは私に対する愛情のような気がして心が高ぶった。二人で銚子を二本呑んで、最後にこの店のいちおしだというお茶漬をさらりと流し込んで食事が終わった。

呼んでもらったタクシーに乗ると、待ちかねていたようにルリ子は私の手をとった。柔らかい手だった。

「いずれ、たけちゃんをちょうだいね。今夜はだめ」

運転手に聞こえないように私の耳に口をあててルリ子はいった。ルリ子の息は熱く、少しあえいでいるように私の右の耳たぶに吹きつけられた。ルリ子は囁きながら強く私の手を握って、肩で大きく息をついた。

その夜、ルリ子は家の前まで私を送ってくれた。

私は意外な展開に驚き、少なからず舞い上がっていた。ルリ子を抱けるのは時間の問題だと考えると、身体が熱を帯びたように火照るのを感じた。恋情と欲情が大きなうねりとなって全身を駆け巡った。

翌日夕刻、私はいつもより二時間ばかり早く、六時少し前に新宿駅に降りた。構内の立ち食いそば屋で月見そばを食べて、歌舞伎町の入口の喫茶店でコーヒーを呑みながらスポーツ新聞を隅から隅まで読んで、腕時計が七時を回ったのを確かめてからゆっくりと立ち上がった。立ち上がったのはルリ子の店に向かうためである。ルリ子の店は七時開店である。

今日は一日会社でルリ子のことばかり考えていた。

「課長、何かいいことでもあったのですか？　何かうれしそうですよ」

若い社員はいった。「いや、別に……」と口を濁したが、いい年をして態度に出ていたのかと私は反省した。残業の必要な仕事があったが、五時のチャイムに合わせて仕事をやめた。

「もうお帰りですか？」と怪訝《けげん》な顔をする社員もいた。

「やっぱり何かあるんだ……、デートですか？」と冷やかす者もいた。

「まあ、いろいろとね。あとは頼むよ」とコートに腕を通して会社を出た。

《おれは恋をしているんだな》

私は自問自答した。このような切なさをともなった慕情は、妻と恋愛したころの感情と同じだった。

はやる心をおさえるように私はゆっくりとした歩調で人波の中を縫うようにルリ子の店に向かった。

いつもと違ったおもいを引きずって「瑠璃」のドアを押した。

「いらっしゃい」ルリ子の声が飛んできた。客はまだいなかった。

「昨日はどうも……」と私はぎこちなくいった。

「こちらこそ……、今日はこないかとあきらめていたの。うれしいわ」

「どうして来ないとおもったの?」

「何となく……」

「とても会いたかった」と私は素直にいった。

「わたしだって……」といってルリ子は「今夜も一緒に帰っていい?」と訊いた。

「いいとも」私はうわずって答えた。

「店の閉まる前に出て、白亜で待っていて」とルリ子はいった。白亜というのは終夜営業の喫茶店だった。「白亜の二階の奥……ね。お客さんに見つからないようにしてよ」と眼を光らせてルリ子はいった。続けてルリ子は「決して私たちのこと、お客さんにさとられないようにね」と真剣な面持ちで私に念を押した。

やがていつもの客が一人、二人とやってきて、八時を回るころには、カウンターがいっぱいになった。

「おっ？　武田さん今日は早いですね」などという客もあった。

ルリ子は小憎らしく思えるほどに態度を豹変させて、いつもと変わらない態度で客の一人ひとりに接した。ルリ子の変わりようは、私が白けるほどだった。さっきまで恋人同士の会話を交わしていた私たちのことをだれ一人気づいた人はいなかった。

3

店が終《しま》う前に私がひと足先に出て、ルリ子と喫茶店で待ち合わせ、一緒に帰るというのは何年も続いた二人の逢引《あいびき》だった。

ときには最初にルリ子に連れていってもらった高円寺の小料理屋で待ち合わせるこ

ともあった。待ち合わせの場所はその日の気分で変わった。二人だけにわかる暗号の言葉を箸の袋の裏に書いて、お互いに見せあい、了解したという返事を確認してから袋を捨てた。仮に袋の文字を他人に見られてもその言葉だけでは何の事かわからないように気を配った。

例えば喫茶店白亜なら「水だし」、高円寺の小料理屋なら「あゆ」という言葉だった。白亜の水だしコーヒーはルリ子のお好みだったし、小料理屋の鮎の塩焼きは私のお気に入りだった。その外にも私たちは、たくさんの暗号を持っていた。

「ララ」はラブホテル。「フラメンコ」はスペイン料理店。「シグナル」は生理が始まりそう。「レッド」生理が始まった。「青信号」は生理が終わった。などであった。単純な単語だったが、その言葉だけを見ても、聞いても、私とルリ子の関係が露見する危険性はなかった。その証拠に十年間も続いた私とルリ子の情事に気づいたひとはだれもいなかった。

何年か経って二人とも携帯電話を持つようになってから、箸袋は必要がなくなった。メールで《今夜は水だし》と送られてきた。《了解》と私は返信した。

ルリ子と結ばれたのは、最初に二人で帰ったあの夜から三ヵ月めの正月だった。年の暮れに結ばれるチャンスは二度ほどあったが、ルリ子は「せっかくここまで来たのだから、新年まで待とうよ。年の始めにしようね」といった。私は、年の始めに結ばれることに特別の意味を感じなかったが、ルリ子の私との関係を特別のものにしたいというおもいは何となく理解できた。

ルリ子の店は一月は四日まで休みだった。ルリ子は三日の昼に会いたいといった。

「ホテルを予約しておいたわ」

ルリ子は新宿の有名ホテルの名前を私に告げた。ロビーに喫茶コーナーがあり、そこでルリ子と正月三日の午後三時に待ち合わせることにした。

私たちは結ばれるまでの三ヵ月の間にいろいろなことを語り合った。お互いの身の上や境遇にまで話は及んだ。

ルリ子は新潟の貧農の生まれで、十八歳のとき、十歳も年の違う地主の息子に美貌を見初められ、両親の泣き落としで、半ば強引に嫁がされた。小作人の実家としては娘を玉の輿に乗せたつもりだった。

嫁いで一年めで妊娠したが、ルリ子は海水浴に行って流産した。それからというもの、姑はルリ子に辛く当たるようになった。夫も手のひらを返すように冷たくなった。しばらくしてルリ子の耳に、夫が隣町で旅館を営む未亡人のところに入り浸っているという噂が聞こえてきた。ルリ子は、そのことを半ば口実にして夫と別れて上京した。

上京する汽車の中で偶然にルリ子の向かい合わせに座ったのが、上野で家政婦紹介所を経営する小泉徳子だった。話好きの徳子と言葉を交わしているうちに、話の成り行きでルリ子はその晩から徳子の家に住み込むことになった。

ルリ子は客の思惑どおり、やはり結婚していた。籍は入っていないようだったが男と暮らしていた。昔風にいうと、ルリ子は、男に囲われている妾と呼ぶ二号だった。相手は有名企業を創業した初代のオーナー社長だった。

ルリ子が家政婦として出向いた社長宅で、半ば力づくで関係ができて、吉祥寺に小さな一軒家をあてがわれた。家を建ててもらうまでの二年あまりは、目黒の高級マンションに住んで銀座の高級クラブのホステスをしていた。クラブでもルリ子の美貌は目を引いてあっという間に頭角を現した。ルリ子はこのまま、クラブに勤めていたかったが、男はルリ子の華やかな魅力に危惧を感じた。ほかに男ができるのではないかと気をもんでいた。男は執拗にクラブを辞めて落ち着くように迫った。

ルリ子はしぶしぶ男の懇願を受け入れた。条件として出したのは新宿にルリ子名義の店を持たせてもらうことだった。水商売では心配の種はつきないと、最後まで男は渋ったが、それが嫌なら、クラブは辞めないとルリ子は言い張った。結局男は折れて、新宿の小さな店をルリ子名義で購入した。

こうしてルリ子はパトロン持ちの酒場のマダムになったが、私と出逢う六年ほど前、ルリ子の家で男は倒れた。

ルリ子を囲っていることは、本妻も知っている公然の秘密で、二号の家で倒れたことで、特別に大げさな騒ぎにはならなかった。倒れた社長は完全に全身がまひして、思考力は極端に衰えていた。ほとんど植物人間に近い生きる屍《しかばね》同然になっていた。

社長が倒れたことで多少の混乱はあったが、創業以来の番頭である専務が、平取締役だった社長の息子を二代目社長に抜てきして、混乱はまたたくまに落着した。

本妻は、息子の新任社長と弁護士を引き連れてルリ子の家に乗り込んできた。雀の涙ほどの手切れ金を持ってきて、仰々しい念書をルリ子の前に広げた。念書の文面は、社長が死亡しても何の要求もしないという内容だった。もとより、ルリ子は何の要求もするつもりはなかったので言われるままにサインして印鑑を押した。

「この家はあなたの名義なんでしょう？」本妻は小さなリビングを見回して訊いた。ルリ子は返事をしなかったが代わって弁護士が「そうです」と答えた。

「新宿のお店繁盛しているんですってね」

今度もルリ子は黙っていたが、弁護士は「そのようです」と答えた。

「宅が倒れてもあなたは生活に困りませんわね、ほほほ」と本妻は笑った。

笑いの意味は測りかねたが、あまり愉快ではなかった。しかし、夫を寝取ったという弱みからルリ子は何をいわれてもうなだれていた。

意外な展開になったのはその後《あと》だった。

社長の横たわっている部屋を覗いた本妻は、伏せている夫に言葉もかけず、眉を寄せてふすまを閉めると、振り向いてルリ子に向かっていった。

「このまま、ここで宅を預かってください。明日、お付きの女中を一人差し向けます。治療費と生活費は毎月、月初めにあなたの口座に振り込みます。特別な出費は弁護士先生に申し出てください。こちらが承認したらお支払いいたします」

ルリ子は唖然とした。当然ながらこのまま社長を連れ帰るものと考えていた。それがこちらで面倒みてくれというのだ。

「本当に驚きモモノ木だったわ」と私にルリ子は語った。

愛惨々

「まるでテレビドラマみたいだね」と私もうなずいた。

「もう、面倒見て、足掛け十年になるわ」と、ルリ子はため息をついた。

生活費と治療費がきちんと振り込まれたのは、最初の三年だけで、やがてなしのツブテ

ルリ子も催促するのも煩わしく、そのままにしているのだという。

「助かっているのは本宅から差し向けられたお手伝いの春さん……。夫の世話はすべて引き受けてくれるの。もう春さんも還暦を過ぎて今さら本宅には戻りたくないみたい。私のうちにいるほうが気がねがないらしいの……。このままここに置いてほしいと頼まれたわ。私は結局、二人の葬式を出すのかもしれないわ」とルリ子はいって心底可笑しそうに、声を立ててわらった。

「私は夫が早く死んでしまうことを朝晩神様に祈っているの」

先刻の天真爛漫な笑いを消して、ぞっとするような冷たい表情でルリ子はいった。

私もルリ子に自分のことをいろいろと話した。ふるさとが青森の小さな町であること、妻の長期療養のことや、息子が陸上部の選手であること、娘が来年大学受験であること、飼い猫の小さなエピソードまで、尾ひれをつけて話した。ほんの些細なことまで私たちは

包み隠さず語り合った。翌日会社が休日という日など、夜が白々と明けるまで話し込んだことがある。私たちは、三ヵ月の間にお互いの全てを知った。

まるで、熟した果実が自然に枝を離れるように、二人が結ばれる日が来た。

4

ホテルの喫茶コーナーにルリ子が入ってきたのは約束の時間ぎりぎりだった。襟に毛皮のついたライトグリーンのコートを着て、手にはコートと同系色のハンドバックを持っていた。コートより少し濃いめの緑の帽子を目深に被ってサングラスをかけていた。

私は高鳴る胸を鎮めるように深呼吸をして立ち上がった。盛装したルリ子を見たのは初めてだった。手を振るとルリ子は真っ直ぐに歩いてきた。きれいだった。

コーヒーを呑むとルリ子はすぐに立ち上がった。

「早く部屋に行こうよ」

ルリ子は意味ありげな視線を私に向けると立ち上がった。私を見つめるルリ子の眼は少し好色そうに潤んでいた。私の想いとルリ子の想いは同じなのだとそのときおもった。

「ここで待っていて……」

言い残すとフロントに歩いていった。

ルリ子は戻ってくると、私にキーを渡して「先にお部屋で待っていて……」といった。

私はいわれるままにエレベーターに乗って七階で降りて部屋に入った。目の前に二つのベッドが並んでいた。

私は、ソファに座ってルリ子の現れるのを待った。

ルリ子は一緒にエレベーターに乗るのを避けたようだった。今風の下世話な言い方をすれば不倫の関係を持つために私たちはこのホテルにやって来たことになる。私たちの関係は、人に知られることはなるべくなら避けたほうがいいに決まっている。ルリ子はそのために時間をずらしてエレベーターに乗り込もうとしているのだ。

ドアがノックされた。ドアを開けた途端、倒れ込むように入ってきたルリ子を抱きとめて唇を重ねた。

口づけはこの三ヵ月、何度も交わした。いつも濃厚な口づけだった。口づけの巧みさでルリ子の性の軌跡が何となく予測できるような気がした。

私は抱きしめたまま、ルリ子をベッドに横たえたが、ルリ子はあえぎながら、「シャワーを……」といった。

　浴槽にお湯を満たしたのはルリ子だった。何度もお湯に手を浸して加減を確かめて心地好い適温にしてから、「二人で一緒に入りましょう」とルリ子は私を誘った。

　ルリ子は私の背中を流してくれた。

　私たちは浴槽の中で激しく愛しあった。この習慣はそれ以後、十年間というもの変わらない私たちの性の儀式となった。その日、浴槽の中で激しく愛しあった後にベッドで本格的に抱擁の性に耽溺した。その日、私たちは貪り、眠り、二度も愛しあった。

　二度めに目覚めたときは七時近かった。七時に最上階の和食の料理店をルリ子は予約していた。急いでシャワーを浴びて私たちはエレベーターに乗った。レストランは名の知られた老舗の店だった。テーブルは窓辺に面していて見下ろすと新宿の夜景が広がっていた。

「私、この夜景のこと、一生忘れないとおもうわ」

　少女のような言い方が私の心にしみた。私も忘れないだろうとおもった。

　正月の三日、初めてルリ子を抱いてから、私とルリ子の情事の歳月は確かな日月を刻んで流れていった。

密会は、店の終わった後、ラブホテルでのこともあり、店の休日の日、しばしば昼間の情事もあった。最初のころは週に二度くらいのペースで私たちは愛しあった。

「あなた仕事に差し支えない？」

年の離れた私をルリ子は気づかった。

「大丈夫だ。きみこそ……、酒場勤めで疲れるんじゃないのか？」

「私、毎日だって平気よ」とルリ子は淫らに笑った。

私たちの情事が単なる欲望のはけ口だけではなかったのは、激しい愛戯のあとに、手を握りながら、いろいろと人生について語り合ったことだった。人生というのは大げさかもしれない。日々の暮らしの不満や、心が傷ついたこと、常連客から口説かれたつらさ、小さな日常のできごとを飽きもせずに語り合った。

密会のホテル代は私が支払ったが、いつの間にか私のポケットの中に茶封筒が入っていて、その中にホテル代と、ルリ子の店で支払った何回分かの呑み代に相当する金額が入っていた。

それに気がついた私は電話で問いただした。

「旦那さまから呑み代なんかいただけないでしょう」と涼やかな答えが返ってきた。

私たちの密会の回数は、当然ながら年月とともに減ってきたが、それでも十年めにして月に二回のペースは守られていた。月に二回、会うたびに新鮮だった。

「お互いに相手が先に亡くなったら結婚しましょうね」

ルリ子は真面目な顔でいったことがある。相手というのは私の妻であり、ルリ子の夫のことだった。

「必ずだよ」と私もいってルリ子の小指に私の小指をからませた。

5

妻が長期療養のサナトリウムから戻ったのは、ルリ子との関係が六年めを迎えたあたりだった。妻は私との性交渉がないことを気に病んでいた。なるべくなら、性的な交渉は持たないほうがいいと、それとなく医師に忠告されていたのかもしれない。

「私、感じないようにするから抱いてもいいわよ」

妻は恥じらうようにいった。

「心配しなくていいよ。もう私も年だからね」と私は答えた。私はルリ子との性で十分に満たされていた。

「ごめんなさいね……」妻は小さい声で私に詫びた。

突然、私に転勤の話があったのは、ルリ子との関係が十年めを迎えたあたりだった。転勤は私にとって悪い話ではなかった。私は課長から部長に昇進したばかりの秋だった。やっと部長で定年かと胸をなでおろしたときに、名古屋に新設される工場の工場長として赴任してもらえないかという話だった。

会社は、今まで自社工場を持たずに全て下請けの工場に発注して商品を調達してきたが、新製品のローラーの部品は、下請けに発注していては他社との競合に遅れをとるということで、十数億の予算を投下して新工場を落成したのである。私はその当時、工務部の部長で、作業に一番精通していて一番身近な部署にいたのだが、高卒の身で工場長という地位は自分にとって遠い部署としての実感しかなかった。

「どうだ一つきみの能力をわが社のために提供してもらえないか?」

社長じきじきの言葉だった。工場長を引き受けてくれるなら、取締役に昇進させようと社長は付け加えた。

「取締役になれば、定年は五年延長される。名古屋の工場に骨を埋めてもらえないか」

職人上がりのオーナー社長は太い指で私の手を握った。

その夜、私はルリ子にこのことを告げた。

「引き受けるといったの?」

「いや、まだ確答はしていない」

ルリ子はしばらく返事をしなかった。いろいろ考えているらしかった。ベッドに横たわって天井を見つめていたルリ子は身体を横にして私のほうを見た。

「引き受けたら? 出世のチャンスだもん」

「今までのように逢えなくなるよ」

「そうね……。仕方がないわ。男は女のために、道を誤っちゃいけないわ。それに、名古屋と東京は近いわ」

「おれは、出世なんかどうでもいいよ……。それよりきみと別れたくないな」

私の本音だった。

「ねえ、お互いに月一度、名古屋と東京で逢わない? ひと月置きに、私が名古屋へ行くから、あなたはひと月置きに東京にくればいいわ。月に一度逢えれば私つらくないわ」

ルリ子の提案に私は納得し、名古屋赴任を引き受けようと決心した。

私たちは十年前の思い出のホテルで愛しあい同じレストランで食事をした。夜景の風景は少し変わっていた。それが年月の長さを感じさせた。

旅立つ前夜もルリ子と濃密な愛の時間を持った。

「明日からあなたは東京にいないのね」

横たわるルリ子の目尻から一筋涙が糸を引いた。

「明日は送らないわ。奥さんも送りに来るかもしれないし……」

「いや、家内は来ないが、会社の部下たちの見送りはあるかもしれない。部下の中には瑠璃に飲みに連れてきたものもいる……」

「そうね。やっぱりやめるわ。汽車の発車の時間に旅の無事を祈るわね」

ルリ子は私に抱きつくと、涙で濡れた頬を何度かこすりつけた。


ルリ子の提案だった名古屋と東京のひと月置きの逢引は三度ほど実行されて、自然と立ち消えになった。最初の三ヵ月ほどは、毎日近況を知らせるメールもあったが、それもいつの間にか三日に一度になり、十日に一度になり、やがて思い出したように二、三ヵ月に一度送られてくるだけになった。

一年が過ぎるうちに、大きなできごとのときしかメールがなくなった。あるときだった。突然の東京出張のおり、私は店に顔を出した。顔見知りの常連たちの歓迎を受けたが、その夜、ルリ子は私の誘いに応じなかった。「明日の昼なら逢える」といってきたのだから、愛が冷めたということではなかったとおもうのだが、私は、その翌日は、朝一番の新幹線で工場に戻らなければならなかった。

そんなことがあってから、ルリ子との関係は少し色あせたように感じられた。いつの間にかメールも完全に途絶えた。

私も多忙にまみれて、ルリ子に送らなければならないメールの返信もずるずると延ばしたこともある。お互いに目先の都合によって、相手に対する配慮が欠けてしまうことがしばしば起こるようになった。自然に心が離れてしまったのかもしれない。これは私やルリ子が薄情というより、歳月の不思議、時間の魔術とでもいうしかない。

数年すると、ルリ子からの年賀状が途絶えた。元部下の年賀状に《瑠璃は去年の十一月に経営者が変わりました。》とあった。

翌年、東京出張のおり、「瑠璃」を覗いてみた。客層が変わったのか知っている客は一人もいなかった。店にはカラオケの設備が入って、狭いカウンターで客たちは次々にマイクを手にした。私はカラオケは嫌いではなかったが、何もかも変わってしまった酒場でうたう気にはなれなかった。一時間もいないで店を出た。

ルリ子は郷里の新潟へ帰ったらしいと新しいマダムはいった。

「お客さん、前のママのお客さん？」と新しいマダムに訊かれた。

私はそうだと答えたが、マダムはそれ以上何も訊かなかった。

思い出して、ルリ子と通った小料理屋にも顔を出してみた。思い出の小料理屋はラーメン屋に店替えしていた。内部もすっかり変わっていて、かつて店のたたずまいを思わせるものはきれいに消え失せていた。ラーメン店の店主に訊いても女将の消息はわからなかった。私の根掘り葉掘りの質問に「角の不動産屋が知っているんじゃないかな」と、ねじり鉢巻きの店主はうるさそうに答えた。

そのとき、私が必死に捜そうとおもえば、あるいは、簡単にルリ子の居所を捜すことができたかもしれないが、私にもそこまでの強い気持ちはなくなっていた。生々しい情事の記憶は残っていたが、あまりにも時間が経ちすぎたという感じはぬぐえなかった。

二十年という歳月は何もかも大きく変えてしまう。

私は十年前に妻を亡くした。代わって息子と娘に次々に孫が生まれた。私は妻を亡くした年に名古屋から東京に戻った。間もなく常務取締役に昇進して六十七歳で退職した。西荻窪の自宅は長男夫婦に残し、私は井の頭公園近くの新築マンションに越した。私が名古屋工場の工場長に赴任して開発した部品を特許申請して認可された。会社は私の名義で申請することを許してくれた。私の手元に莫大な特許料が毎年入ってきた。私はこの十年間で優に数億を越える資産を持つことになった。

妻が死んだとき、ルリ子と約束した言葉をふと思い出した。「お互いの配偶者が死んだら結婚しよう」という誓いだったが、その約束を思い出しても、すでに約束の重みは失われ淡い追憶の中にかすんでいた。

私は時折、ルリ子のことを思い出したが、必死に行方を捜してみようという気は起こらなかった。ただ、ルリ子のことを思い出すたびに、欲望の埋み火が小さな炎を吹きあげるような気がした。そのたびに、逢ってもう一度ルリ子を抱いてみたいとおもった。もちろん現実性のともなわない漠然とした空想だった。常識的に考えて、ルリ子と逢えることなどありえるはずがなかった。

ところが、逢ってしまったのである。

6

ルリ子と偶然に再会したのは青森県の小さな漁村だった。

実はその漁村は、私が十五歳まで育った故郷《ふるさと》である。十六歳から町の工業高等学校の寄宿舎に入って、郷里には春夏冬の休暇のときしか帰らなかった。高校を卒業して東京の中小企業に入社して定年までふるさととは無縁に暮らした。妻を娶《めと》るときも、挙式は東京だった。私はふるさとにも肉親にも冷たい男だったとおもうことがある。

帰郷したのは祖母と父と母の葬儀と妹の挙式のときだけだった。家は代々の漁師だった。父は話のわかる男で「おまえは漁師には向かない。高校に入れてやるから、その後は一人で生きていけ」と言った。漁師の家は妹が婿をとって継いだ。勤め始めた頃、ときおり仕送りをしたが、父は「仕送りは不要だ。結婚資金は出してはやれない。その分自分のために貯金をしろ」といってきた。それをいいことに、私はそれ以後は仕送りもやめた。

ふた月前に、年老いた妹から、先祖代々の墓所を拡大し、墓を立て替える工事の費用を幾ばくか援助してもらえないかという手紙がきた。

私は費用の全額を負担するむねの手紙を書いた。その返事が妹からきて「死ぬまでに兄さんと一度会いたい」とあった。私も母の葬儀以来、二十年近く帰っていないふるさとに墓参かたがた帰って、妹に会ってみてもいいとおもった。おそらくこれが妹と生きて会える最後の機会だろうとおもった。幼いときは仲のいい兄と妹だった。

墓所の工事が終わったという九月の終わり、私は二十年めにふるさとに帰ってきた。墓参のあと生家に二泊して妹と心ゆくまで語り合った。後を継いで漁師の跡取りとなった妹の連れ合いは数年前に亡くなって、私の甥にあたる長男が跡をとって立派な漁師になっていた。母の葬儀のときはまだ、よちよち歩きだった甥がたくましく成長して日焼けした半身がまぶしかった。来春、結婚式だという。

「伯父さんに親代わりになって出席してもらうとありがたいです」

私ははっきりと心が定まらないまま、甥の申し出にうなずいた。両親への親不孝を詫びる心と、跡取りを押しつけた妹への引け目から、そのぐらいのことはしてやらねばならないかもしれないと考えていた。

車で町まで送るという甥の申し出をことわり、私はさびれた支線の駅前で下ろしてもらった。出がけに息子の嫁が、この小さな村に山海の素材で創作料理を食べさせてくれる和食のレストランがあるといってパソコンのプリントを届けてくれた。青森で一泊する食事付きの和風旅館を調べるように頼んでおいたのだが、そのついでに調べてくれたのだという。そこの創作料理で酒でも呑んで、それから青森市内に出て一泊しようと私は考えた。急いで東京に帰ったところで、仕事があるわけではなかった。

出かける前日、四、五日旅に出ることを碁会所の碁敵には告げていた。「今週の二勝二敗、まだ決着がついていませんからね。早く帰ってきてくださいよ」といって、握手の手を差し伸べた彼のことをおもうと、少し郷愁めいたおもいが心をよぎった。しかし、それも一瞬のことで、老いが深まっていく無為の日々が心にきざすと、もの悲しい気分が心にひろがった。

ぼんやりと駅のベンチに座って表通りのタクシー乗り場を見つめているとき、改札口から出てきたのがルリ子だった。

愛惨々

ルリ子だとわかるまで少し時間がかかった。二十年の歳月が流れているのだから当然のことだ。しかし老いたルリ子には面影が残っていた。

乗降客が数人という小さな駅には不似合いの派手な洋服と、こんな駅には珍しい大きなスーツケースを押して改札口を出てきた女性の客に目が行かないはずがない。私は女性の顔を見た瞬間、どこかで見たことがある女性だとおもい、そしてすぐにルリ子だとわかった。しかし、信じられないおもいで首をかしげたまま立ち上がった。

ルリ子も私を見て眼を見張った。

「たけちゃん？　ですよね」とルリ子はおずおずと訊いた。

「ママだね」私も応えた。

こうして二人は思いがけない場所で二十年めに再会した。

私たちは海の見える高台のレストランで遅い昼食を食べながら積もる話を語り合った。ルリ子は十和田湖と奥入瀬渓谷、浅虫温泉を巡る四泊五日のツアーに参加したのだが、浅虫温泉に泊まった最後の夜、ホテルに備え付けの周辺地図を何気なく見ているうちに私の郷里の村の名前を眼にした。急に私のことが懐かしくなって立ち寄ってみたくなったのだという。

「帰りのツアーをキャンセルして別行動を取ることにしたの。あなたから聞いていた郷里のことを私、覚えていた……。あなたと別れたあとも、いつか一人で行ってみようとおもっていたの……」

若いときの酒場のマダムの殺し文句を私に思い出させた。私はルリ子の言葉をどこまで信じていいのかわからなかったが、現にこうしてこの地をルリ子が訪ねて来たというのは、動かし難い事実である。

「虫の知らせって本当にあるのね……」

この言葉も二十年前に聞いた気がして、私は妙に懐かしかった。

有名な観光地での再会ならありえる話である。名古屋の工場長に赴任した翌年、部下を引き連れて伊勢神宮にお参りに出かけたことがある。そのとき、偶然に高校時代の友人と再会した。思いがけない再会だった。寄宿舎で三人の相部屋で二年間一緒に暮らした友人である。この友人は青森から東京の大学の工学部に進学したはずである。

逢えるとおもっていない人間と偶然に逢えるなんて、日本は広いようで案外狭いものだと、そのとき私はおもったが、考えてみれば伊勢神宮は日本有数の観光地でもある。だれが集まってきても不思議がない。珍しい偶然だがありえる話である。

しかし、ここは青森の小さな漁村である。私のふるさとといってみたところで、私に興味でもないかぎり、何の意味も持たないさびれた寒村である。ルリ子が訪ねて来たのは私に少しの関心は残っていたということなのだろう。私は感激した。

ルリ子との話はつきなかった。

店を他人に譲りわたす前の年に、名ばかりの夫は息を引き取った。さすがに本宅から遺体を引き取りにきた。お手伝いの春さんは、その翌年老人ホームに入った。ルリ子は晴れて自由の身となった。

「そのとき、あなたに連絡を取ろうとしたけど、風の噂では奥様は健在だということでした。私は、あなたのことはあきらめて、郷里に帰って、年を取った母を引き取って親孝行のまねごとをしてみようとおもったの……。何だか急に商売が嫌《いや》になってね」

ルリ子はしみじみといった。

私は妻が亡くなって十年になることをルリ子に告げた。

「そのとき、きみを捜そうとおもった」

「でも捜していただけなかったのね？　約束なんて軽いものね……」

なじるような口調でルリ子はいった。

「すまなかった。断られても捜すべきだった」

私にも言い分があったが、明らかに捜さない私に非があった。

「あのとき、きみを捜せばよかった。十年……無駄な時間を費やしてしまった」

私は心からそのようにおもった。

「たけちゃん、まだ再婚していないの？」

ルリ子は探るような目付きで私を見た。

「もちろん独りだ」

私はぶ然とした表情で答えた。

ルリ子はワインのグラスに視線を落として何かを考えているように一点を凝視していた。声をかけるのがためらわれるような真剣な表情だった。

私はそんなルリ子を見つめていた。しばらくして、ルリ子は顔をあげて固い表情をくずした。私を見て微笑むと口を開いた。

「それじゃあ、たけちゃん、今から私たち結婚する？」

ルリ子の顔は笑っていた。

「冗談をいってるんじゃないよね」

私は真剣な気持ちで訊いた。

ルリ子は首を振って「真剣よ」と答えた。

「よし。結婚しよう……。このまま東京に一緒に帰ろう」

私は早口で一気にしゃべった。

「それは無理よ。家財道具を処分したり、新潟の家を売りに出したり、近所にも挨拶したり……。一ヵ月はかかるわ」

言われてみればもっとものことだった。

「それじゃ私が新潟について行く。私が家の整理を手伝おう。夫なら当然のことだろう?」

「本当についてくる?」

ルリ子は驚いたように顔をあげた。

一瞬、碁会所の友人が淋しがるというおもいが心をよぎったが、それは私の結婚という大問題に比べたら小さなことだ。子供たちには新潟から手紙を書こう。私の結婚に異をとなえる者などいなかった。

「ついて行くよ。明日一緒に新潟に帰ろう」

私は心が晴れ晴れするような昂揚感《こうようかん》を覚えた。

ルリ子も実は来春、再び東京に出ることも考えていたのだという。

「東京でお茶漬屋でも開こうと考えていたの。でももうその必要はなさそうね。あなたのためだけにこれからの人生は生きるわ」

ルリ子は嬉しいことをいってくれた。

「今夜は青森泊りだ」と私が言うと「今夜はふたりの初夜の契りね」とルリ子は好色そうに笑った。

「そうだ。二十年めの思い出契りだ」私も笑っていった。

ルリ子はワインに酔っているようだった。

私は、思い出して予約している青森の旅館に電話を入れた。

「予約はひとりだったが、妻も一緒に泊まることになった。かまわないかね?」

少しお待ちください。という声がして、受話器の向こうで、何か話し合っているような気配がしたが、すぐに《どうぞ。差し支えございません。お待ちしております》という返事が返ってきた。

「妻と言われたのは生まれて初めてよ。うれしいな、私、妻なんだ……」とはしゃいでから、笑いを消して「あたし武田ルリ子になるのね。子供さん反対しないかしら……」と真面目な表情で私を見つめた。

「反対なんかさせないさ。子供たちも喜ぶとおもうよ」

私は答えたが、気休めでも出まかせでもない。子供たちもそれぞれの連れ合いも大賛成に決まっていた。私は、以前から、老後の始末を子供たちに頼るつもりはなかった。生前に子供たちに財産を分与して、後顧の憂いをなくして海の見える老人ホームに入るつもりだった。海が見えることを老人ホーム選択の条件にしたのは、私は幼い日、海を見ながら育ったからだ。ルリ子が一緒なら海が見えなくてもいいと私はおもった。

レストランでタクシーを呼んでもらった。

「ここからタクシーですか？　市内まで三万円くらいメーターが出ますよ」

レストランの店長は驚いた表情でいった。

「旅行に出たときぐらいのたまの贅沢さ……」と店長に応えた。

私たちは夫婦のようにタクシーに乗り込んで今夜の宿に向かった。

7

宿まで二時間あまり、タクシーの中でも私たちは飽かず話に興じた。二人が離れていた二十年間の出来事を語りあうには時間は幾らあっても足りないくらいだった。話ながら、私たちはずっと手を握りあったままだった。ときおり、ルリ子のひざの上に私が手を乗せると、ルリ子は目を閉じて少しあえぐように小さい声をもらした。

私の中に長い間、封印されたままになっていた欲情が息を吹き返すような感じがした。ルリ子との情事の日々が鮮やかに私のうちによみがえった。

宿は武家屋敷のような重々しい門の中にあった。門には宿の名をしるした大提灯がつるされており灯が点されていた。

タクシーの運転手がクラクションを鳴らすと、和服の仲居が中から二人小走りに出てきて、私たちを迎えた。

通された部屋は廊下の突き当たりだった。部屋は庭に面していて、廊下から敷石伝いに細長く横たわる池の岸辺まで行けるようになっていた。隣室とは庭続きになっていたが、丈の高い生け垣で区切られていた。隣室には人の気配はなかった。池の水面に夕日が淡い光を散らしていたが、やがて光が消えて夕闇が漂いはじめた。私は廊下に置かれた籐椅子に座ってぼんやりと庭に視線を走らせていた。時刻は六時を回った。

私は夕食の前にルリ子を抱きたかったが、仲居は大きなテーブルに料理を並べ始めていた。遅い昼食と昼酒で、私には空腹感はなかった。おそらくルリ子も同じだろう。私は和風旅館ではなくホテルにすればよかったと後悔をした。

「お給仕は奥様にお願いします」

東北訛《なまり》の仲居はうやうやしくルリ子に頭をさげた。奥様と呼ばれてルリ子は一瞬どぎまぎして顔を赤らめたが、表情は嬉しそうだった。

「お風呂は後にしましょう」とルリ子はいった。

私は宿の浴衣に着替えたが、ルリ子は洋服のまま食卓についた。

話し始めれば、話ははずみ、夕食はそれなりに楽しかった。昔のようにルリ子は食事中かいがいしく私に世話をしてくれた。このルリ子を妻としてこれからの歳月を生きて行くことを考えると、目の前が明るくなって、私は自分で軽薄に感ずるほど饒舌になった。

食事の後片付けの仲居が出ていくのと入れ違いに、しるし半纏を着た男衆が来て、部屋に布団を敷いた。男は敷居に両手をついて、「ごゆっくり」といって去っていった。布団は部屋の中央に二組並べて敷かれた。

　ルリ子はそれにちらと視線を走らせて、待ちかねたように立ちあがった。それから「お風呂入れるわね」と意味ありげに私を見てルリ子は浴室に消えた。

　浴室にお湯を入れる音がした。音が低くなると、ルリ子は部屋に入ってきて「もうすぐいっぱいになるわ。一緒に入りましょう」と誘うように笑った。二十年前の情事の日々にくり返された光景が浮かんできた。私は不覚にも喉を鳴らして唾を飲んだ。

「着替えるわね。見ないでよ……」

　ルリ子は勢いよく洋服を脱ぎ捨てて上半身がむき出しになった。二十年前と変わらぬ裸身が電燈の光に照らし出された。私はルリ子が少し太ったように思えた。《見ないでよ》といいながら、むしろ見て欲しいように、悪びれることなくスカートを脱ぎショーツを足から抜いた。

「入ろうっ」全裸になってルリ子は私の手を引いた。

　二十年前にもこんな光景があった気がした。

二十年前のように、私たちはバスタブの中で愛しあった。激しい口づけ、指の愛撫、儀式は続いた。私の指先にルリ子が燃えている証《あかし》が熱く流れていた。ルリ子の手が私の股間に伸びてきた。それも二十年前と変わらなかった。

私の心は狂うほどに燃えていた。だが、肉体は昔のように硬直することはなかった。確かに私は女体に触れずに何年か過ごした。しかし、私はいつでも可能だとおもっていた。ルリ子の指は私の力ない肉を悲しみのように揉みしごいた。しかし焦燥だけが肉の先端に集まって、私の肉は柔らかく、みじめに伸び切ったままだった。

「呑みすぎたのかな?」

私は悲痛な声で弁解した。

「ベッドに行こう……」

ルリ子はあえぎながらいった。

「私ができるようにしてあげる」

ルリ子は私の体をバスタオルで拭きながらいった。

私はベッドに横たわった。二十年前、後からベッドに入ってくるルリ子を待って私の肉は張り裂けるように硬直していたものだった。

いま、ルリ子はベッドに入ってきた。私の身体も心もみじめにしおれていた。ルリ子の愛撫は激しく執拗だったが、ついに私の肉は再生することはなかった。私もルリ子の激しい愛撫に応えてルリ子の肉をまさぐった。

「たけちゃん、ごめん、痛い。もっとそっと愛撫して……」

ルリ子は悲しげな声でいった。

結局私たちの契りの初夜は不首尾に終わった。翌朝、再び結ばれようとして二人は朝風呂の中でからみあったが、私の肉体には何の兆しも起こらなかった。

惨めさと悲しみと、暗い絶望に似たおもいが二人の間に横たわった。ルリ子は無口になった。私の悲しみは想像以上に深いものだった。

無口になった二人は、味気ない朝食を終えた。

昨日まで、あんなに感激的で舞い上がっていたのに、今朝の私は暗い悲しみの中につき落とされていた。おそらくルリ子も同じ気持ちに違いなかった。

旅館を出たのは十時過ぎだった。私たちは市内の喫茶店に入った。向かいあって座るとルリ子は私を見て微笑んだ。

「逢わなければよかったわね」

私はびっくりして顔をあげた。驚いたのは、全く同じことを私も考えていたからだ。逢わなければ、二十年前の情事の記憶が鮮やかに私の中で光芒を放っていたのに、今、その記憶は惨めな一夜のために私の中で光を失ってしまった。

「逢わなければ、思い出は楽しかったのに……」

ルリ子の呟きは私には悲痛な呟きに聞こえた。

「すまない」と私は頭をさげた。

「たけちゃんが悪いんじゃないわ。時間が悪いのよ」

ルリ子は慰めるように優しいいいかたをした。私は、七十五歳という自分の年齢の持つ残酷な姿に直面した。

「十年後に逢っていたら茶飲み友達の夫婦になれたかもね。若い日の思い出だけに生きる老夫婦……。ふふふ」とルリ子は笑った。

「再婚話しはお流れか……」

顔をこわ張らせて私は笑った。

ルリ子は美しく笑いながらうなずいた。

「別々に帰ろう……。あなたは東京。私は新潟……」

私たちは喫茶店を出て別々にタクシーを拾った。

私は空港、ルリ子はＪＲの駅だった。

タクシーに乗り込むルリ子の眼が涙で光っているように見えた。それだけが私の乾いた心を濡らすようにおもえた。

完

おとなのれんあい

1

新村和久《にいむらかずひさ》の墓は房総の海が見下ろせる丘の中腹にあった。和久の墓といっても、和久だけが葬られているわけではない。新村家代々の墓に、和久のお骨が納められているのだ。墓石の脇に大理石の墓誌が建っており、そこに和久の死んだ日と戒名が明記されている。

墓誌によると、和久は平成二十八年九月に八十二歳で死んだ。昭和九年六月に生まれている。

宇野綾子《うのあやこ》は平成二十九年の四月に七十歳になった。死んだ和久と十三歳の年の差があったことになる。和久と関係が続いていたときは年の差を意識したことはなかった。

二人の関係は和久が七十五歳、綾子が六十三歳まで続いていた。別れは自然に訪れた。和久が調布の自宅を出て千葉の実家近くにある老人ホームに入居したためである。和久には妻がおり、綾子には夫がいた。二人にそれぞれ配偶者がいるのに、そのことに綾子は深い罪の意識を感じたことはなかった。そのことに苦しんでいれば、十年という長い年月にわたって関係が続くということはなかったとおもう。

私は浮気な女なのかしら……。

ときおり、水面に浮かぶ泡のように綾子の意識に小さな波紋を作ったが、それは一瞬のことで、自己嫌悪も、夫への罪意識もなかった。和久との秘密の関係に暗い影がなかったのは、和久を心底愛していたためではなかったかと、綾子は考えた。

十年という長い年月の間、和久も綾子も相手の配偶者について意識することはなかった。和久には二人の子供と三人の孫がおり、綾子には三人の子供と二人の孫がいた。

二人は、子供や孫たちのことはしばしば話題にした。綾子は子供についての悩みをよく和久に相談した。夫には言えないことも、和久には話すことができた。綾子のどんな相談にも和久は親身に応じてくれた。和久の助言で、迷路で行き暮れたようなおもいを、綾子は何度も救ってもらった。

十年という長い歳月の間に《もし、和久と結婚していれば？》という考えが何度か綾子に浮かんだことがあるが、そのおもいはあまり現実的ではなかった。和久を夫の座にすわらせてみると、少しばかり違和感があった。

若いときの和久の女性遍歴を知るにつけても、綾子は、自分にはとても耐えられないだろうとおもった。綾子は自分を嫉妬深い女とおもっていた。綾子との愛の歳月、和久には女性遍歴はなかった。少なくとも、綾子が疑心を抱くような振る舞いはなかった。

正直な気持ち、和久と妻の性について想像したことはなかった。自分のことを振り返ってみても、和久と関係ができてから、夫との性は一年の間に三回程度しかなかった。和久もおそらくそんな程度であろうと考えていた。和久が妻を抱いている姿を想像したことはなかった。そんなおもいが自分の中にきざすと、想像がそれ以上広がらないように、意識の中から払いのけた。和久が自分と夫の性を想像していると考えると寒々としたおもいが綾子の中に広がった。

極端ないいかたをすれば、和久との思い出はほとんど性の場面であった。十年という長い歳月の中で、綾子には肌を合わせている記憶しか残されていなかった。

和久との歳月には旅の思い出もない。和久との旅は三度あるが、どの旅も十人以上の団体旅行だった。三度の旅は、カルチャースクールの水彩画教室の写生旅行である。和久はその教室の講師だった。写生教室は、年に一度、親睦を兼ねて関東近県に泊まりがけの写生旅行に出かけるのが習わしだった。旅に出ても、多勢の中で、二人は他人行儀に過ごさなければならなかった。楽しいはずの親睦旅行も綾子にとっては居心地があまりよいとはいえなかった。ただ、眠りにつくとき、このホテルに和久が泊まっていると考えると、綾子の胸のうちを温かいおもいが流れた。

和久と綾子が結ばれるきっかけとなったのは十数年前の親睦旅行であった。宴会のあと、二次会でカラオケクラブに繰り出したとき、タクシーで綾子は和久の隣にすわった。親睦旅行は綾子が水彩画教室に入会して間もないときだった。

「きみは新しい生徒さんだね。名前は?」

和久の呂律《ろれつ》は少し回らなかった。

「宇野綾子です……」

神妙に答えた。

「きみはきれいだね」

和久は酔眼を細め、ぐらぐらと身体を揺らせた。

「まあ、先生ったら……。お酔いになってる」

綾子は笑った。

「酔っていても、絵描きの眼には狂いはない」

そういうと、和久も大きな声で笑った。

カラオケクラブはタクシーで十分足らずの距離であった。車が大きくカーブするとき、和久の身体が傾いて、ひざの上の綾子の手に和久の手が乗った。その手を綾子が支えると、そのまま和久は指に力を入れて綾子の手を握った。

「ふふっ……」

綾子は笑ったが、手は預けたままだった。

七十歳近い和久は綾子にとって、男性というより父親のような感覚だったし、それに何よりも絵描きとしての和久を師として尊敬していた。

車を降りるとき和久は手を放した。綾子の手に和久のパイプ煙草の匂いが残された。

その夜、和久はカラオケクラブで、生徒たちの所望で何曲か古い演歌をうたった。心にしみるようなうたいかたで、綾子は切ない気持ちになって聴いた。うたを聴いているうちに手を握られた感覚がよみがえって、綾子はおしぼりで、煙草の匂いが残っている左手を何度もふいた。

和久との出逢いが綾子には運命のように思えるのは、帰りの電車が和久と一緒になったことだった。調布に自宅のある和久と、笹塚が自宅の綾子は八王子から京王線に乗った。他に京王線で新宿に向から生徒が二人いたが、和久と綾子は並んで座り、他の二人は別の場所にすわった。

このとき交わした会話はとりとめのないものだったが、和久は何気なく携帯の番号を訊いてきた。請われるままに電話をメモして和久に渡した。ひと足先に和久は調布で電車を降りた。降りるときに振り返って「じゃ」と手を挙げた。

そのときの和久のことは何となく綾子の心に残ったが、まさか十年も続く関係になることなど予測していなかった。絵画教室での和久は謹厳そのもので、酔って綾子の手を握ったことなど忘れているようにしかおもえなかった。

ときに、教室の片隅でパイプをくゆらすときがあり、煙の香りが流れてきたとき、あの夜の左手に残された煙草の香りが綾子の意識の底によみがえった。

2

暮れから正月にかけて、教室が半月ばかり休みになった。

和久の電話が入ったのはそんなときだった。

「明日、家を出られる？　二人で忘年会しようよ」

すぐに綾子は承諾の返事をした。商社マンの夫はその年の夏からアメリカに単身赴任をしていて、正月に帰れないという連絡があったばかりだった。長男と長女は結婚していて家を出ていた。次男は年末から大学のサークル活動のスキー合宿で家を空けることになっていた。家を空けても気がねをする家族はいなかった。

「二人で忘年会をしよう」という言葉に少しひっかかるものがあったが、そのとき、ストレートに色恋に結びつけては考えなかった。単なる気まぐれの誘いであろうとおもった。渋谷の駅近くの喫茶店で二人は落ち合った。

喫茶店には綾子は先に着いた。約束の時間に和久は現れた。黒いロングコートにグレーの襟巻きを無造作に巻いた和久のスタイルは、年齢よりはるかに若く見えた。ベレー帽も黒だった。

綾子の姿を認めると、微笑んで「やあ」といって和久は手を挙げた。

テーブルに近づくと、コートを脱ぎながら和久は「駅でね、藤原静子とばったり出会ったよ」といって苦笑した。

「まあ、おしずさんと……、お誘いすればよろしかったのに……」

綾子は何気なく応えた。

「一瞬、そうおもったんだが、変に誤解されそうな気がして、嘘をついた。それに彼女も、忙しそうだったし……。きみとの待ち合わせをハチ公前にしなくてよかったよ。ハチ公前で待ち合わせしているところをおしずに見られたら、それこそ誤解されてしまう」

少し、口ごもりながら和久はいって、はにかむように笑った。

藤原静子も絵画教室の生徒である。彼女は吉祥寺に自宅があるはずだった。

「東京も広そうで、案外狭いんですね」

綾子は呟いた。

《変に誤解されそう》だといった和久の言葉に、改めて、綾子は和久との待ち合わせには少し、秘密めいたものがあることを意識させられた。

二人が食事をしたのは、混雑した大衆的なうなぎ屋だった。ざわざわした落ち着きのないところだった。

《ああよかった》と綾子は内心ほっとした。静かな高級レストランだったりすると、やはり、秘密めいたデートを意識させられたかもしれない。喧噪といっていいざわめきに満ちたうなぎ屋では秘密めいた心情とはほど遠かった。

小さなテーブルに、うなぎの串焼が次々に運ばれてきた。どの串も綾子には美味しく感じられた。

和久は次々に串をほおばりながら、何本も酒を注文し、綾子にもすすめた。すすめられるままに綾子も酔った。話題はもっぱら絵の話だった。どの話も綾子には面白く新鮮であった。いつもより和久は饒舌《じょうぜつ》で、相当に酩酊《めいてい》したようにみえた。

「変な忘年会だね」

和久は酒で赤くなった顔で笑った。

「とても美味しくいただきましたわ。それにお話もとても楽しかった……」

綾子は心からそう感じていた。

うなぎ屋を出て向かったのは裏通りの酒場だった。二人は薄暗いボックス席で、得体の知れないカクテルを飲んだ、それから二人はカラオケをうたった。

相当に酔っているのに、和久は相変わらず、人の心をくすぐるような演歌をうたった。綾子も酔っているせいか、和久の演歌が心の底に小さな波紋を作った。

酒場のマダムは若いとき演歌歌手だったという。客の歌の合間にマダムがうたった。マダムの歌に合わせて客たちは踊った。踊るといっても酒場のフロアは狭い。体を密着させて揺れているだけだ。ほとんどチークダンスといっていい。

和久に誘われたとき、綾子はためらったが、強引に手を引かれて仕方なく立ち上がった。和久に抱き寄せられたときパイプ煙草の匂いがした。和久はきわどい踊り方をした。綾子は、密着した下腹部をはなそうとするのだが、引き寄せる和久の力が強かった。

踊っているうちに欲情に似た感覚が綾子を包んだ。はしたないとおもいながら、呼吸が乱れ、おもわず全身を和久に強く密着させた。それに応えるように、和久の腕に力がこもり、綾子の頬に和久の頬が触れた。

マダムの歌が終わり、客の歌に変わっても、二人は抱き合ったまま揺れていた。

その夜を境に、和久に対する綾子の感情は恋に変わっていった。夫のある身で、孫までいる自分の心の動揺に、苦々しいおもいがつきまとったが、和久を恋しいという気持ちを

おとなのれんあい

どうすることもできなかった。和久を恋する気持ちは苦いおもいだけではなく、生きるはりのような、浮き浮きした感情もともなっていた。和久に逢いたいという気持ちが四六時中つきまとっていた。あのとき、綾子は五十歳になったばかりだったが、自分の心の動きはまるで少女のようだとおもったものだった。

それから二ヵ月の間に、和久とは二度ばかり食事をしたり、酒場で歌をうたった。酒場ではあやしい踊りで眠っていた欲望が目を覚ました。三度めに新宿三越の日本画の展覧会に誘われた。その日の午後、新宿の歌舞伎町裏のラブホテルで結ばれた。

女子大時代に肉体関係を持ったボーイフレンドがいたが、夫と知り合ってから、他の男性と交わったのは初めてだった。

和久と結ばれたとき、夫に対する罪意識が心のへりをかすめたが、和久との出逢いの喜びのほうが大きかった。結ばれることを綾子は心の底で待っていたのだ。

和久にたいする恋は海外赴任の夫のせいだとはおもいたくなかった。しかし、和久との恋が激しさをともなって持続したのは、異常ともいえる二人の性愛のためだということを心のどこかで綾子は肯定していた。

それまでの夫との性は惰性だった。四十代のころは、それでも月に一度くらいはあった営みも、五十代に入ってからは半年もないことがあった。綾子に不満がなかったわけでもないが、自分から求めるほど強い欲求でもなかった。綾子自身、生理がなくなってからは、心の内側に欲望を制御しようという気持ちが働いていた。

和久はそんな綾子の自制心や慎みの心をばらばらに解きほぐしてしまった。和久に抱かれていると、綾子は浅ましいまでに性に狂った。欲情の雌犬《めすいぬ》みたいだと自分を少し蔑すむような目で眺めておもった。

和久と結ばれたのは昼だった。展覧会の帰りに、デパートのレストランで昼食をとった。昼食が終わると和久は「どこかで夕方まで休んでいこうか」とまるで何気ない口調で綾子を誘った。

綾子は「休んでいこう」と和久のいった言葉について、咄嗟《とっさ》には理解したわけではなかった。休むのは喫茶店？　それとも……？と、いうあいまいな理解だった。これが夜なら、はっきりと、誘いであることがわかったとおもう。

午後の一時過ぎでは、綾子が首をかしげたのも無理がない。綾子の中には、そのころ昼の情事という意識がなかったのだ。

無口になった和久は、黙ったまま盛り場の中に入っていった。歓楽街という呼び方が当てはまるような混雑と喧噪のひしめく歌舞伎町の盛り場を通りを抜けると、人通りが少くなくなり、ホテルが軒を連ねる路地に入った。

綾子は「やっぱり……」とおもい、胸が激しく動悸を打った。誘われることを待っていたのに、いざとなると、ためらう気持ちもあった。

和久は振り返りもせずに一軒のホテルの中に入っていった。

その日から二人の関係は、十年間という長い歳月、濃密に続いた。

最初の三年ほどは週に一度の割で逢った。六十代の半ばに達していた和久は、週に一度の激しい愛欲によく耐えられたものだと、そのころ綾子は時折感じたものだった。

やがて、密会は十日に一度になり、さらに半月に一度となった。別れのころには月に一度になっていた。

結ばれて十年間、二人が落ち合うのはいつも昼間だった。初めて肌を合わせて以来、昼が二人の情事の時間になった。

ホテルに入る前には必ず二人で昼食をとった。焼肉、うなぎ、寿司、天ぷら、日本そばが定番だった。決まった店で昼食をとり、少し会話を交わした後にホテルに向かった。

最初の頃は歌舞伎町の喫茶店で落ち合って、それから昼食というコースだったが、半年ほどで順序が変わった。

喫茶店での待ち合わせを省略し、和久は新宿駅の地下で綾子を待つようになった。綾子は自宅から車を運転してきて。タクシー乗り場の後方に立っている和久を拾った。それから綾子の運転する車は昼食をとる店に真っ直ぐに向かった。

和久の思い出として綾子の心に残っている風景のひとつが、新宿駅で同じ場所に立っている和久の姿だった。雨の日も風の日も和久は同じ場所に立って笑っていた。

綾子の車を目にすると、和久は笑いながら手をあげた。和久の姿を認めると、綾子の心に温かいおもいが広がった。

「今日は何にする?」

車の助手席でベルトを締めながら、昼食に何を食べるか、綾子に訊く和久の柔和な笑顔も記憶に残っている。

その日の気分で昼食をとる店を替えた。どの店も駐車場が完備していた。

一年が過ぎたあたりで、昼食を外でとるのをやめた。新宿で和久を乗せると、車でホテルに直行した。和久が買ってきた弁当をホテルで食べるようになった。弁当を食べるのは激しい営みの後だった。

激しい愛のひとときが終わってからシャワーを浴びて、二人は素肌にホテルのガウンをまとって弁当を食べた。そのあと再びベッドに横たわり、二人は何時間も会話を交わした。会話を打ち切って眠ることもあったが、眠らずに夕方まで話し続けることもあった。まれに、二度目の愛を和久が求めてくることもあった。

ホテルで弁当を食べて、ベッドの上で話し合うという習慣は九年間も続いたことになる。和久との思い出のほとんどは、ホテルの密室の中で弁当を食べ、手を握ったまま取り留めのない会話を交わしたことである。そこが、普通の恋愛とは違うと綾子はおもった。

二人の恋にはショッピングも旅もなかった。観劇も映画にも出かけなかった。雑踏の中を腕を組んで歩いたこともなかった。二人にはやはり他人の眼が怖かった。

和久との関係ができたばかりのころ、一度だけ、井の頭公園の花見に出かけたことがあった。ふたりの中に、恋人らしい心情が色濃く醸し出されていたころだった。性と切り離した思い出といえば、唯一、たった一度の花見だけだった。

花見のあとに公園近くのレストランで夕食をとった。

そのころは夫が外国から帰国していて、綾子は帰宅して夕食の支度をしなければならなかったのだが、綾子はトイレの中で夫に携帯電話で急に高校時代の友人と出会って、夕食をとることになったので、出前をとるようにと連絡した。

「ごめんなさい……」

「いいよ。わかった」

感情の感じられない夫の返事に綾子は救われた気がした。やるせないような恋の雰囲気にひたっていたのに、電話のときには苦いおもいが綾子の心の中に広がった。

その日は花見と食事だけで帰途についた。井の頭線で明大前に出て、和久は調布に、綾子は笹塚に帰った。二人は、同じホームで右と左の別々の電車に乗った。

密室の思い出だけしか残されていない綾子の中に、唯一、恋人同士らしい記憶として残されている風景である。散り急ぐ桜の中を歩いた思い出はやはり懐かしい。

最初のころはホテルを出てから和久を調布まで送っていった。和久といつまでも一緒にいたかったためだ。そのために帰宅が遅くなり、したがって夕食の時間が遅くなったものだ。夫は不機嫌な顔をして綾子の帰りを待っていた。

情熱の激しさも、時間が経つにつれて少しずつ沈静する。和久を調布まで送るという習慣も、二年ほどで中止した。やがて、新宿駅で和久を降ろし、まっすぐに自宅に向かうようになった。週に一度の密会が三年、十日に一度が五年ほど続いた。月に一度が二年ほど続いて、十年間の情事に幕が降りた。

和久から東京を離れることを切り出されたのは別れる一年ほど前のことだった。

「家内が腰痛でね。家事がおもうようにならないんだ。千葉の実家の近くに老人ホームができたので、来年の春に引っ越すつもりだ」

和久は淡々とした口調で綾子に告げた。

実家は弟夫婦が家を継いでいたが、特別に実家に世話になるつもりはないと和久は語った。実家の墓には両親が眠っており、自分もその墓に入るようになると和久は語った。

「死ぬために入る老人ホームだから、墓の近くがいいとおもって、千葉の老人ホームを選んだんだ」

聞かされた綾子は、特別、動揺するような感情の動きはなかった。

「ああ、そうなの……」というおもいだった。

どこかにほっとするおもいもあった。

いずれ、清算しなければならない関係だというおもいは、そのころ、綾子の心の中にときおり芽生えることがあった。そんなおもいが兆したとき、特別に別れを演出しなくても、あと何年かすると、肉体的に愛し合うことはできなくなるだろうというおもいが同時に湧いてきた。やがて二人は会うことが少なくなり、自然に関係は消滅するだろうと漠然と予測していた。

和久に切り出されたときは、淋しさに似た感情はあったが、悲しみはなかった。十年の歳月で愛の激しさは影を潜め、和久を慕う心は、友情のような感情に変わっていた。自然に消滅するのではなく、少し早めに別れのときがきたというだけの話だった。

「最後にどこかで食事をしようか」

和久はいった。

「吉祥寺がいいわ」と綾子はすかさず応えた。

たった一度だけ恋人らしい一日を過ごしたお花見の思い出はやはり綾子には貴重だったのかもしれない。

最後の晩餐《ばんさん》の日は小雨が降っていた。

桜は葉桜というより新緑になっていた。

「食事の前に少し歩かない?」

綾子はいった。

「この雨の中をか……」と和久は少しためらいの表情を見せたが、すぐに「いいだろう」とうなずいて綾子を見て笑った。

「相合い傘にしましょうよ」

綾子はいって自分の傘を閉じた。和久の傘に入って腕を組んだ。

「若い恋人同士みたいだな」

和久は照れたように笑った。

「若くはないけど、私たちは恋人同士でしょう」

和久はそれには答えなかった。和久の身体から葉巻の匂いがした。《この匂いは永遠に忘れないだろうな》と綾子はおもった。

井の頭公園の池の水面《みなも》には雨脚が小さな渦をつくっていた。池のほとりをあまり会話を交わさずに、二人はゆっくりと歩いた。十年前、桜の下を歩いたときはときめきがあったが、今日は心が冷え冷えとしていた。昼なのに、公園には人影がなかった。ときおり行き交う人は買い物帰りらしい主婦だった。すれ違うひとは、二人に怪訝な視線を向けた。雨の井の頭公園を老人の男女が腕を組んで歩いているのだから、不思議な光景といえばいえた。夫とは何十年も腕を組んでいない。和久と腕を組む気になるのはやはり恋の感情の片鱗が綾子の中にくすぶっているためだろうかと、心の内側に目を凝らしてみた。

十年という長い月日だった。延々と続いた情事が、いま終わろうとしていた。六月だというのに肌寒い感じがした。別れの淋しさのために肌寒く感じるということではないが、こんな日に別れの食事をすることになったのは少し皮肉な感じがした。

千葉と東京、ほんの二時間ほどの距離である。会いたければいつだって会うことができる。しかし、綾子はおそらく二人は会うことはないだろうとおもった。

きっと会いたいとおもうときはあるだろうと想像はできる。しかしそれでも会わないだろうと綾子はおもった。

単なる友情なら会いたいとおもえばどんなに無理しても会うだろうとおもう。恋人なら会いたいとおもえば矢も楯もたまらず会いに行くはずだ。そんな激しい恋の感情は綾子の気持ちから失せていた。和久のことを懐かしくおもい出すだろうが、きっと二人は会うことはないだろうとおもった。

いまは和久との関係の中で、感情の高ぶりは沈静していた。ただ、単に肌を合わせるだけで、関係が十年も続くとは考えられなかった。やはり、愛に似た感情が二人の間をつないでいたとしか考えられなかった。しかし世の恋人たちのように恋の喜びを謳歌するということはなかった。妻子ある男と夫や子供のいる女の恋愛が、並みの恋人たちのように振る舞えないのは当然である。不倫という言葉は綾子は嫌いだった。しかし、世間的に見て、まぎれもない不倫の関係だった。もし、二人の関係が明かるみに出たら、場合によったら、家庭を失いかねなかった。それはそれで仕方がなかったが、孫たちと絶縁しなければならないとおもうと、かすかな恐怖を感じた。しかし、絶対二人の関係は表に出ることはないだろうと綾子は、心のうちで確信していた。

綾子は、子供たちが中学に入ってから、一時期、自動車ディーラーの事務員として働いたことがあった。社員の中に腕利きのセールスマンがいて、その人に、綾子はひそかに尊敬と憧憬を感じていた。ある年の忘年会で抽選の席が隣合わせになり、すっかり意気投合した。帰りのタクシーで、酔った綾子は唇を盗まれた。いずれ何かが起きるのではないかと、スリルに似たおもいは抱いていたのだが、強引に引き寄せて唇を奪うやりかたに少し興ざめがした。綾子はそれ以後のセールスマンの態度にうんざりした。自分にも家庭があるのに、こちらの事情も斟酌《しんしゃく》しないで、いきなり電話をしてくることがあった。家族そろって夕餉《ゆうげ》のテーブルについているときにかかってくる電話には腹立たしいものを感じた。気まぐれにしろ、このセールスマンと関係を持っていたらと考えると背筋が寒くなった。いたずらに背徳の関係を持つことの恐ろしさのようなものを知らされた。そのセールスマンには綾子は厳しい態度で拒否の態度を示した。

和久は軽薄でも変質的でもなかった。電話をかけてくるときは紳士的であり良識的であった。和久のように節度のある態度で接している限り、二人の関係が明かるみに出ることは考えられなかった。和久が携帯電話を持つようになってから、連絡に神経を使うということはなくなった。和久との秘密は絶対露見することはないという自信のようなものが綾子にはあった。

和久と愛しあうようになってから、夫をうとましく感じることはあったが、嫌悪したことはなかった。夫に対する情は父や兄に接する感情に似ていた。夫に抱く感情は男と女の情愛ではなかった。そのためか和久との関係において、夫に対して罪の意識を感じることは少なかった。

3

雨の井の頭公園を散策したあと、和久と綾子は十年前のお花見のときに食事をしたレストランに入った。公園に近いというだけで、とりたてて特色といったものがない、小さなレストランである。二人はビールで乾杯した。

「お別れのときも乾杯するのかしら」

綾子は初めてお別れという言葉を口にした。かすかに和久の目が鋭くなった。別れという言葉に反応したのだ。

「乾杯といっても、単なる挨拶だからね。法事では乾杯ではなく献杯というがね」

和久は、どうでもいいようなことを静かな口調で語った。

二人はビールのあとに酒を呑んだ。二人には、やはり、心のどこかに別れを淋しがる気持ちがあり、酔って淋しさを麻痺させたいというおもいもあった。年老いた二人には素直に思い出を口に出す素直さが欠けていた。もっとも、二人の思い出の風景といえば、歌舞伎町裏のラブホテルの一室だけで、それ以外に語るべきこともなかった。唯一恋らしい思い出といえば、井の頭公園の花見だけだった。綾子は雨の井の頭公園を歩いたきょうのことも思い出のひとつになるだろうとおもった。

綾子はハンドバッグから小さな包みを取り出した。

「これ、私からのプレゼントです」

包みを和久に手渡した。

「ほう、何だね？　私はプレゼントはないよ」

「先生にはたくさんいろいろなものをいただきましたから、これ以上いただくものはありません」

綾子の正直な気持ちだった。

和久は包みを開いた。箱に入っていたのはパイプだった。

パイプを包んでいる袋からパイプを取り出して和久は顔をあげた。

「こんな高価なもの……。相当しただろう」

微笑んだが、和久は困惑したような表情をみせた。

「この十年、先生に散財させましたから、ほんの心ばかりのお返しですわ」

これも綾子の本当の気持ちだった。

「このパイプを使う間、いつも口もとにきみの面影が揺れているわけだ……」

いってから、和久は「ははは」と声を出して笑った。

「わたしのこと、おもい出したくなかったら、パイプお使いにならなければよろしいわ。お体のためにそのほうがよくってよ」

綾子は冗談をいった。

「それなら、逆にいつも思い出していたいために、パイプをくわえてばかりいるのは体によくないな」

和久は綾子に視線を向けていった。笑うつもりだったのだろうが、和久の頬はこわばったようだった。綾子はおもいがけずに目頭が熱くなり、目尻を指で押さえた。

「本当は別れた人のことなど思い出さないほうがいい。しかし、思い出というのは自分の意のままにはならないからね……」

「そうでしょうか？」

「思い出したいとおもっているのに、いっこうに顔をみせてくれない思い出もあれば、忘れたいとおもっているのに、しばしば現れる思い出もある……」

「わたしたちの思い出はどっちかしら……」

和久はそれには相づちを打たずに淋しそうに笑った。

会話が少しの間途絶えた。

和久は盃を口に運び、その盃に目を凝らすという動作を何度もくり返していた。やがて内ポケットから一通の封書を取り出した。

「ぼくはきみに、プレゼントはない。しかし、きみにぼくの心情を伝えておきたいとおもってね……。二日ばかりかけて書き上げた。しかし、書き上げてみると、渡すのにためらいのようなものがうまれたよ……」

「お読みしたいわ」

「さっきまで渡さずにこのまま帰ってしまおうかとおもっていたが、せっかく書いたのにこのまま破いてしまうのも惜しくなった……。女々しいね」

和久は笑った。

「破くなんて……、もったいないわ」

綾子も笑った。

「パイプをもらわなかったら、きっと渡さずに帰ったとおもうな……」

「まあ、せんせいったらひどい……」

二人は声を出して笑った。

笑いながら、綾子は和久の封書を受け取った。封書は手にかすかに重みを伝える程度のボリュームがあった。

和久の手紙は二百字詰めの原稿紙で二十枚近くあった。升目を無視して書かれているから、一枚は二百字以上の文字数になるはずである。手紙は、特徴のある活字のような美しい文字で綴られていた。

4

ゴールデンウィークのざわめきも終わって静かな初夏が巡ってきました。××日、吉祥寺でお渡ししようとおもって手紙を書いています。

お互いに配偶者のいる者同士の秘密の恋愛ですから、いつか別れの日が来るのは既定の事実として受け止めていました。しかし、どんなふうに終止符が打たれるのか、まったく予想がつきませんでした。予想がつかないというより、考えようとしなかったというべきかもしれません。そのようなおもいが心にきざすと急いでそのおもいを打ち消してきました。いずれ別れが来ることは分かっていましたが、きみとの間で、トラブルや愛情が冷え切っての別れになるとは一度も考えたことはありませんでした。あなたに対しての愛の片鱗を抱いたまま、自然に会うことがなくなっていき、いつの間にか終止符が打たれるのではないかと考えることがありました。

今度の別れは自然に訪れたものではありませんが、心情的にはそれに近いものがあります。私たちはお互いに傷つくことも、未練を引きずることもなく納得して二人の関係を清算するのです。わたしたちの関係こそが真のおとなの恋愛と呼んでいいのではないかと考えています。

あなたとの関係はわたしにとって人生最後の恋愛でした。六十七歳で出逢い、七十七歳で別れるのですから、最後の恋愛となるのはわたしの年齢からいって当然のことです。

突然の言い方ですが、あなたに出逢うまで、私は重症の恋愛中毒患者でした。恋愛なしの日々を一日も生きていくことはできませんでした。

あなたと出逢ったのは、一人の未亡人との恋が終わったときでした。未亡人は再婚するために、わたしとの関係を清算したのです。

その女性には、私を選ぶか家庭を捨てるかと迫られました。私がはっきりとした態度を取らないうちに彼女は妻に先立たれた商店主のもとに嫁いでいきました。

このようにして、何人もの女性と、出逢いと別れをくり返して歳月や金品を費やしてきました。私はどの女性との恋も真剣そのものでした。よく、何事も起こらずにやってこられたものと、今更ながら、自分の恋の綱渡りに感心しています。本当なら家庭崩壊、別れの修羅場でずたずたに傷つき、世間の非難を浴びて社会的にも抹殺されても仕方がないような女性遍歴でした。

私はどの恋愛にも家庭を捨てる気で向かいあってきました。それなのに家庭が崩壊しなかったのは、私が真剣だと考えている恋愛の中に、実は、家庭を捨てる勇気を持ち合わせていない偽善が混入しているのを相手の女性たちは、本能的に嗅ぎとって、その結果、私に失望したり愛想をつかして去っていったためだったとおもいます。もちろん、妻が私の素行に疑惑を感じても、事を荒だてないで耐え忍んだということも家庭が崩壊しなかった大きな理由だったとおもいます。

私の恋の遍歴の真相は、真剣な恋愛と口ではいいながら、妻が事を荒だてないことをいいことに、仮想の恋に狂っていたということかもしれません。

十年前に別れた未亡人は、私の偽善を見抜いていて、家庭を捨てるか、私を捨てるか二つに一つと迫ったのです。私が答えを出す前に、彼女は、口もとに冷笑を浮かべて去っていきました。彼女は、私の内心を見透かしていたのです。家庭崩壊の危機を含んだまま恋の終わりを迎え、別れに傷ついて失意の中にいたころに私はあなたと出逢いました。

私はそれまで、人妻との関係を持ったことはありませんでした。何度かきわどいチャンスに遭遇しましたが、私は自分の立場を棚に上げて人妻との関係には愛の純粋さが欠如しているとして敬遠していました。

夫と暮らしながら、同時に夫以外の男を愛する人妻には純粋な恋愛をする資格がないと考えていました。そんな考えを持っている私に妻がいたのですから、まさに何をかいわんやの身勝手な持論ということでした。

私は未亡人との切羽つまった恋に終止符を打ったあと、もう二度と恋をすることをやめようと考えていました。

そんなときにあなたと出逢ったのです。あなたの第一印象は、優しそうな人妻ということでした。わたしは二度と恋はすまじという気持ちを持っており、かつ人妻との恋を敬遠していましたので、出逢ってからも、あなたのことを恋の対象としては見ておりませんでした。あなたの教室での態度も真剣で、講師の私としては満足すべき生徒で、好印象を抱いたのは当然のことです。

恋の対象者としては見ていませんでしたが、男としてあなたの雰囲気に接するのは好ましいとおもっていました。正直な気持ち、あなたに接しているのは私にとって居心地がよかったのです。週一回の水彩画教室は、あなたがいるために、わたしには楽しみになっていました。教室に入って生徒を見渡し、あなたが出席しているのを確かめると、わたしのなかを喜びに似た感情が湧きあがりました。

あなたは二年間に二度ほど欠席したことがあります。そのときは何となく、索漠《さくばく》したおもいを味わいました。

このような感情の動きは恋の初めに似ています。恋はすまじと心に決めていたわたしはそのようなおもいを恋として認識はしていませんでした。ただ、行動に表さず、心密かに恋まがいのムードにひたるのは悪くないなと考えていたのは事実です。

そのころ、失った恋の傷あとがときおりうずくこともありました。あなたの発散する女らしさにひたることで、その痛みを軽くしようという下心があったことは認めます。

しかし、意図的に策略を巡らしてあなたとの時間を作ろうとおもったことはありません。むしろ、なるべくそんなチャンスに出逢わないことを願っていました。恋を避けたいという意識が強くなったのは、あなたとの恋の予感が色濃くなりつつあったという証明でもあったのかもしれません。

そんなおもいに揺れているころ、教室の写生旅行がありました。

山梨の峡谷の写生旅行でした。貸切りバスの中では、私と教室の運営母体である新聞社の社員と二人は一番前で、生徒は思い思いの席に座っていました。私のところに一度挨拶に来たあなたが中程の席に座ったのを見届けました。

あなたも参加している写生旅行は私にとって久しぶりに明るい気持ちになりました。その日のスケジュールが終了し、宴会になり、宴会の席は偶然にあなたが私の隣だったということは、やはり運命というべきでしょう。

何の意味もない、たわいない会話を交わしながらあなたに何度もお酌してもらって酩酊したひとときの楽しさは今でも懐かしく思い出します。

浮かれた宴会のムードを引きずりながら二次会のカラオケにハイヤーに分乗して向かいましたね。そのときも、偶然だったのか、多少の意図があったのか、あなたとわたしは同じハイヤーでした。

タクシーの揺れを利用してあなたにもたれたり、手を握ったりしたのは酔いに任せたわたしの遊び心でした。

翌日は八王子で解散でしたね。中央線で帰るグループ、京王線で帰るグループと二つのグループに分かれました。調布に住まいのあった私は当然ながら私鉄組で、笹塚のあなたも京王線です。二人が空いている席に並んで座れたのも、後日、運命だったと痛感しました。あのとき、隣に座らなかったら、あなたの携帯電話の番号を訊くこともなかったとおもいます。旅の一夜の小さな冒険は、当然ながら、それほど遠くない日に忘れ去られてしまったに違いありません。

そのとき、恋に発展することなどないだろうとおもいながら、私はあなたの携帯電話の番号を訊きました。何気なく訊いた私に、ためらう様子もなく、あなたは番号をメモした紙片を渡してくれました。

二度と恋などしないと心に決めていたのに、その瞬間に恋が始まったのでした。今までの恋と違って、悲愴感も、罪悪感もない静かな幕開きだったのです。半ば遊びの感覚が混在していたのかもしれません。なぜなら、人妻との恋、それは苦しんでも狂ってもいけないというおもいがわたしの中にあったためとおもいます。

二人の恋は都会のラブホテルの一室で延々と命脈を保っていました。一年の間に何度か夜の酒場に歌をうたいにいきました。その酒場には私たちの共通の知人も来るので、二人は恋人らしく振る舞うことは慎まなければなりませんでした。それでも、最初のころ、あなたに夜の甲州街道を調布まで送ってもらいましたね。街道からそれた人気のない暗い道端で若者のような情熱的な口づけを交わしたことが思い出されます。

お互いに配偶者のいる者同士の恋ですから、愛は秘密と節度と抑制の中で育てなければなりませんでした。その自縄自縛《じじょうじばく》から二人が解き放たれるのは情事のためのホテルの一室でした。

私は六十代の半ばを過ぎており、肉体的には下り坂でした。激しい愛欲の後「先生ってすごい」とあなたは感歎《かんたん》することがありましたが、これは私が絶倫でも若さがあるためでもありません。あなたとの恋が始まる前、むしろ、折々の体調によっては不能になることもあり、自分の老いについて冷え冷えとしたおもいを抱くことがあったのです。未亡人との恋の破局の一因は、私の性愛の衰えもあったとおもいます。あなたとの性に異常なよみがえりを見せたのは、新しい恋の情熱のほとばしりでした。

それまでの女性遍歴で、新しい恋が始まるたびに、結婚することを考えたように、あなたとの恋愛においても、当然のごとく結婚について考えました。恋するたびに結婚を結びつけたのは、恋の殉教者たらんとする私の律儀なポーズであり、すべてをかけて恋にのめりこむという盲目的な情熱の燃焼を生きる目標にしていたためです。

ところが危機をはらみながらも、私の家庭は維持されていました。恋の殉教者なのに、実生活では何一つ失うものも、犠牲にしたものもありませんでした。盲目の情熱をかかげながら、まやかしがあったというのは明白な事実です。

自称恋の殉教者である私は、あなたと恋におちたときから、あなたが、家庭を捨てて私と残りの人生を生きるというなら、私もそれに応えなくてはならないと考えていました。あなたが家庭を捨てて，私と結婚をしようとするなどと考えることは、現実味のない奇妙な妄想でしかありません。あなたとの恋においても、恋の殉教者でありたいと願ったのですが、結局は私が苦しむようなことは起こらないであろうという確信の上に立った思考のゲームでした。私は息子も娘も愛していました。孫も溺愛していました。

おとなのれんあい

自分では明確な意識があったわけではありませんが、老齢の域に足を踏み入れた私には、家庭を壊して新しい生活を始めるエネルギーは希薄になっていました。それゆえ、家庭を捨てるつもりがないあなたとの恋愛は、恋愛中毒患者の私にとって危険のともなわない愉悦だったのです。あなたとの恋は老いを生き抜くエネルギーでもありました。

歳月はあらゆるものを変質させます。私とあなたの恋も当然ながら時の流れにしたがって変わっていきました。激しかった情熱は沈静していきます。熱い想いは冷却し、加えて老化が加速します。

――この関係はいつまで続くのだろう?

ときおり、私の中に浮かんでくる想いでした。結婚という終着点がない二人の愛には、結実という終わりはありません。狂い咲いた恋の花は自分の手で摘み取ってしまうしかありません。しかし前述したように、わざわざ花を摘まなくても、自然に枯れてしまうのは時間の問題だったとおもいます。

恋の終わりの予感が濃厚になったとき、妻の腰痛が悪化し、通常の社会生活を営むことは無理になってしまったのです。娘家族や息子家族と暮らすという選択肢は妻にはありませんでした。息子の嫁、娘の夫に対して妻はかたくなに心を開きませんでした。孫たちは人並みに可愛いようですが、正月に二、三日居続けたりすると、明らかに迷惑であることを態度に表します。

そんな妻の偏屈な心根を敏感に察知した子供たちは、私たち夫婦に対して儀礼的になり、よそよそしく接するようになりました。子供たちと仲が悪いわけではありませんが、とても老後を子供たちに看てもらうということは考えられませんでした。私は孫たちに慕われていましたが、妻は孫たちから少し冷たい祖母と思われていました。子供のそれぞれの配偶者の両親に孫たちは懐いていました。そのことを妻は当然のようにおもい、特別に淋しいとおもっているふうでもありませんでした。

妻も最初から子供たちに自分の老後を看てもらおうなどとは考えていませんでした。妻は、子供にはしっかりと躾《しつけ》と教育をし、それぞれを結婚させたことで、親の務めは終わったと考えているようなところがありました。傍目《はため》には妻は子供に対して教育熱心であり、絵に描いたような良妻賢母でした。

子供たちの配偶者に心は開きませんでしたが、それだけに嫁姑の確執もなく、子供二人とは淡々とした付き合いでした。孫たちの七五三や学校の入学祝いには、過分と思えるほどのお祝いをしていました。また子供たちがマンションや持ち家を購入するときには多額の援助金を出していました。このように、人並みの付き合いはするのですが、子供は独立してしまえば、親は親の生活があり、子供は子供の家庭があり、お互いに迷惑をかけずにつき合いましょうというような、妻の態度は、どこか、子供たちの家庭と一線を画しているようにみえました。私にはそんな妻の振る舞いは、いさぎよいが少し冷たく見えることもありました。

そんな生き方をする妻は、最初から子供に自分の老後を面倒をみてもらおうなどとは考えていませんでした。妻の考えとしては、老人ホームのようなところに入って老後を過ごしたいと考えているようでした。折もおり、妻の腰痛の悪化がひどくなり、いよいよ、追い詰められて、老人ホームの入居は急を要することとなりました。私は、至急資料を集めたり、付き合いのある新聞記者に情報をもらったりして入居先を探しました。そして選んだのが新規開業をした、大手企業の直営である老人ホームでした。

その老人ホームは、千葉の半島の中にありました。老人ホームは、私の実家まで、歩いて十分ほどの場所で開業していました。その場所は、私の幼少のころは一面に花畑だった思い出の地です。私はこの老人ホームに入ることを決心しました。

老人ホームの入居をあなたに告げるのは少し気が重い感じがしましたが、ありのままを素直にあなたに告げることができました。あなたは特別、淋しがるふうもなく淡々と受け止めてくれました。やがて自然に終わりを迎える二人の関係が、ひと足早く訪れたにすぎないとあなたは考えたのかもしれません。

勝手なことばかり並べましたが、あなたとの恋愛は名実ともにわが人生の最後の恋でした。あなたのお陰で、家庭が崩壊することもなく、だれも傷つけることもなく、人生最後の恋に静かに幕をおろすことができます。妻を裏切り続けた生涯でしたが、その裏切りに罰を与えられることもなく、私は自分の乱倫《らんりん》の生涯に終止符を打つことができました。私の生涯を神は決して許すことはないとおもいますが、残された生涯を妻に奉仕することで少しでも贖罪《しょくざい》の道を歩みたいと考えています。

いったいあなたとの十年は何だったのか？　それを考えてみたくて二日がかりの手紙をしたためてみました。この手紙を井の頭の別れのランチの後に渡すつもりですが、あるいは渡さずに破り捨ててしまうかもしれません。

確かに妻に対しては裏切りの生涯でしたが、この十年間は、おとなの恋愛を堪能した充実の歳月でもありました。

恋にも命があるならば、まさに、私の恋はその役割を果たし終わって今、息を引き取ろうとしています。私は私の恋の死を静かな気持ちで見つめ、その冥福を心から祈るつもりです。さようなら。

あて名も自署もなく手紙は終わっていた。

「さようなら」という文字に、初めて綾子の目から涙がこぼれた。

5

十月の半ば、季節はずれの墓参のせいか、墓地には人影がなかった。花が飾られ、線香の煙が広がる新村家の墓所だけが、静まり返った墓園の中で少し華やいで見えた。

和久の訃報が知らされたのは九月の末だった。はがきのあて名の文字は和久の妻が書いたものか、女の文字だった。今年の年賀状の文字も同じだった。和久の文字でないことに少し違和感を感じた。そのとき、「病気でもしているのかしら?」とかすかな不安がよぎった。訃報のはがきを受け取ったとき、驚きと同時にやっぱりとおもった。

和久の墓参に行ってみようとおもったのは、はがきを受け取って数日してからだった。夫や孫の世話のないときを選んで今日にした。

今まで和久と会おうともしなかったのに、墓参りをしてみようとおもった自分の心の内側を見つめてみたが、確かなことはわからなかった。

辺り一面に広がる線香の煙から、パイプをくわえて煙を吐き出している和久を連想した。別れの日にパイプを贈ったことを綾子は思い出した。

あのパイプはおそらく和久の横たわる柩《ひつぎ》の中に入れられて、一緒に焼かれたに違いないと綾子はおもった。昔煙草好きだった父方の祖父の出棺のさいに祖母が泣きながらきせるのセットを入れたことを綾子は子供心に覚えていた。和久の妻の手によってあのパイプも柩に納められたのだと綾子は信じた。和久の裏切りの証拠が妻の手によって焼却されたとおもうと、悲しみをともなった可笑しさを綾子は感じた。

柵に囲まれた墓所の石段を降りたが、綾子は再び登って手を合わせた。一度では祈り足りない感じがした。

「わざわざ遠いところを来てもらって悪かったね」という和久の声が聞こえてきそうな感じがした。

ここに、和久の妻が現れたら何と弁解したらいいのだろうか。などと綾子は考えた。「昔、先生の絵画教室で教えていただいた生徒です」と答えるのは一番自然であったが、カルチャースクールの生徒が、教師の死に際して、田舎の墓地までわざわざ墓参に来るというのは少し不自然な気もした。そう考えるのは自分にやましさがあるためだろうかと考えた。和久の妻に会ったら和久の最期について訊いてみたい気がしたが、やはり会わないですむなら会いたくはなかった。

和久の妻も八十歳前後のはずである。老人ホームはどの辺りかわからないが、そうたびたび墓参に来るはずもないだろうと、綾子はとりとめのないことを考えたりした。

墓地から海が見えた。墓地を囲むように整備された遊歩道のそちこちにプラスチック製のベンチが置いてあった。綾子はそのベンチで遅い昼食をとった。途中のコンビニで購入した弁当を開いた。弁当を開くとき和久のことを思い出した。和久は新宿駅の売店で二人分の弁当を用意して、綾子の車を待っていた。素肌にガウンをまとって、情事の後に弁当を開いた。何年も続いたラブホテルでの昼食だった。

その和久はこの世にいない。大きな体だった和久はひと塊の骨となって墓の下に納められている。その骨になった和久に、たった今、手を合わせてきた。

和久は綾子との恋を、最後の恋と語っていたが、綾子にとっても最後の恋だった。和久は生涯において何人もの女性を愛してきて、その終りの恋が綾子だった。綾子はその生涯において、愛したと言えるのは夫と和久だった。

和久の墓参をすませたことで、綾子は道ならぬ恋のけじめがついた気がした。今日の墓参は和久の霊を弔うだけではなく、日の目を見ないまま闇から闇に埋没してしまう恋を弔うために来たのではないかと綾子はおもった。

だれを傷つけたわけでなく、世間の非難を浴びることなく、不倫の恋が永遠の闇に葬りさられて行くのだ。

綾子は立ち上がって墓地の駐車場に向かった。

綾子が和久と通い続けたラブホテルに行ってみようとおもったのは、間もなく新宿のインターチェンジに到着しようとしたときだった。なぜ唐突にそんなことをおもいついたのか、綾子は不思議なおもいで自分の心の内面に目を凝らした。

高速を降りて綾子は歌舞伎町に車を回した。

和久と通い続けたラブホテルに立ち寄ってみようと考えたのは、もちろん気まぐれなおもいつきである。確かな理由などはない。単なる懐かしさである。恋の思い出を刻んだ場所が、ホテルの一室という密閉された空間だけだったという憐憫《れんびん》の情が、和久の墓参の帰りに綾子の内にきざしたのである。

哀れな恋よ……というおもいであった。

二人が利用したのは車で入れるホテルであった。ホテルに乗り入れると、内部には駐車スペースが区切られており、空いている場所に車を入れ、部屋の内部を写した電光写真で好みの部屋を指定してフロントでキーを受け取る。十年間くり返し続けた行為である。

今日は車を乗り入れることはできない。近くの有料駐車場に車を入れて、綾子は歩道からホテルの窓を見上げた。十年の間、ほとんど、同じホテルであった。どの窓にもなじみがあった。あの窓も、どの窓も、何度か利用している部屋の窓だった。

窓はほとんど開けたことはなかったが、十年の間には何度か小さく開けて外路を覗いた。雪の日とか、突然救急車が通り過ぎるときなどだ。

「雪、本降りになったね……」と和久は窓の外を覗いていう。綾子も和久の肩越しに外を覗いて「この程度の雪なら、車大丈夫よ」といったことがある。この会話は何年前のことか忘れたが、東京に雪が降った午後のことである。

パトカーのサイレンが通りすぎると、「火事ではないだろうね」と不安な面持ちで、和久はベッドに身を起こした。あまりに真剣な顔をする和久に、火事で事故にでも遭えば、秘密の関係が明かるみに出ることを恐れているためのように思えた。そんな和久に綾子は少し白けたおもいを味わった。明かるみに出れば、困るのは綾子も同じなのだが、和久らしさが消えて不安な面持ちをするのは綾子にとっては何となく心淋しい気がした。

そんなことをおもいながら、窓を見上げてたたずむ綾子の前を行き過ぎるカップルもあった。行き過ぎて、近くのホテルの入口に吸い込まれて行く。

見上げるホテルには、はたして車が入って行くのかどうか、綾子の立っている歩道からは入口は見えない。

和久と過ごした窓々の部屋には今愛を紡いでいる人がいるのかどうかはわからない。窓は十年の歳月、そのままで、無表情に閉じたままだった。

同じ場所に立ったままホテルを見上げている綾子に不審なものを感じたのか、警察官が近づいてきた。

「どなたかお待ちですか?」

綾子は「いいえ」と首を振って笑った。無性に可笑しかった。

「この辺も物騒ですから、気をつけてください」

警察官は納得していない表情を見せたまま去っていった。綾子は笑いを消して引き返した。ホテルを見上げても過ぎ去った歳月が帰ってくるはずもなかった。

駐車場に戻った。和久を乗せた車ではなかったが、今乗っている車は、当時と同じ車種だった。シートベルトを締めながら、今夜、孫の律子が遊びに来ることになっていたことを思い出した。今日は律子の誕生日だった。律子の両親は共稼ぎのため、綾子の家で十一歳の誕生日を祝うことになっていた。夫に料理の食材を揃えてもらうように頼んであった。

孫と会えるとおもうと喜びが湧いてきた。十一年前、律子の誕生の日、娘の婿が《長女、無事出産》のメールを綾子に送ってきた。その日、隣で和久が寝息を立てていた。

「ねえ、先生、起きて！　娘に女の子が生まれたわ」

まだ醒めきっていない半眼のまま「それはよかった。おめでとう」と和久はいった。

甲州街道はラッシュにはまだ時間があった。車は流れていた。綾子は孫の律子のために、力をこめてアクセルを踏んだ。早く家に戻らなければとおもった。

完

除夜の鐘

1

大山《おおやま》徳治《とくじ》は関口《せきぐち》美奈《みな》と駆け落ちして三十年になる。徳治が捨てた妻と暮らしたのは二十年間だった。徳治は、捨てた妻と暮らした年月より、駆け落ちした美奈と暮らした年月のほうがはるかに長い。徳治は今年七十七歳。美奈は七十五歳になった。

駆け落ちしたのは、徳治が四十七歳、美奈が四十五歳のときだった。壮絶だったのは、徳治には、二人の子供がおり、美奈には三人の子供がいたことだった。徳治と美奈は子供を捨てて駆け落ちしたのである。

分別盛りのふたりが、世間が呆気にとられるようなことをしでかしたのは、どんな心理状態にあったのか、実は当人同士も、今になって振り返ってみると、あの大胆な行動は悪霊にとり憑かれたとしか思えない不気味な行動に思えてくるのだ。

魔がさしたというような、ありふれた言葉で表現するには、二人のはらった犠牲はあまりにも大きすぎた。徳治と美奈を見ていると、人間というものは、一時の迷いで道を踏み外すことが実際にありえるのだと思わずにはいられない。

家庭を捨てたことに、徳治も美奈も当然ながら悔いのようなものもある。この三十年の間に別れようとおもったことは何度かある。しかし破局に至らなかった。

二人が別れたからといって、新しく生きていく道など見つかるはずもなかった。捨ててしまった人生をやり直すことはできない。二人は手を取り合って地獄に行くしかなかった。

駆け落ちして十年ほど経ったとき、徳治は無断で外泊をしたことがあった。翌日帰宅して、大量の睡眠薬を飲んで半死半生で倒れている美奈を見て徳治は仰天した。病院に担ぎこんで何とか一命をとりとめた。徳治に捨てられたら美奈は生きていくことはできなかった。徳治は美奈の切羽詰まったいじらしさに胸を突かれたが、裏を返せば徳治も似たような境遇だったのだ。

駆け落ちしたということは、残りの人生を相手に預けたということだ。相手を失うことは残りの人生を失うことでもあった。徳治の一夜の外泊も、美奈にとっては、死を決意するほどに大きなショックだったのである。

美奈は二日間ほどで蘇生したが、もし美奈がこのまま死んでしまったら、徳治も生きていくことはできないと考えていた。

眠り続ける美奈を見つめながら、徳治も強い意志で死ぬことを考えていた。


人生を棒に振るほどの恋をして、常軌を逸した駆け落ちまでしたのに、その出逢いは、どこにでもあるようなありふれたものだった。恋とはそういうものだと言ってしまえばそれまでのことだが、行動が突飛で突出しているだけに、徳治は二人の出逢いは悪魔の仕組んだ悪戯《いたずら》ではなかったかと考えたこともあった。

徳治も美奈も東中野駅の線路を挟んで南と北に住んでいた。

徳治は駅から歩いて十分ほどの住宅地に、三十七歳のときに家を建てた。美奈は、嫁いだときから東中野だった。

美奈は茨城のS市の豪農の家に生まれたが、東京の女子大に進学して、そのまま東京の大手商社に就職した。勤め先の商社で夫と出逢い結婚した。そのとき夫は東中野の実家に暮らしていた。夫は裁判官の父親が建てた豪邸で両親と暮らしていた。美奈はそこに嫁いだが、長男が生まれて間もなく、舅は裁判官を退官して郷里の長野県に姑と二人で隠棲《いんせい》した。美奈は舅《しゅうと》、姑《しゅうとめ》との窮屈な生活を強いられたのは結婚後一年余りだった。一人っ子だった夫は父親からそっくり豪邸を引き継いだ。結婚と同時に美奈は商社を辞めて専業主婦となった。

徳治は東京の大手新聞社で記者をしていた。結婚したのは二十七歳の春で、妻は郷里の秋田県の高等学校のクラスメートだった。その一年前に開かれた同窓会で、十年ぶりに会った同級生に恋をして、一年余りの交際で結婚した。

徳治も美奈も、それまで……二人が出逢うまで……順調な結婚生活を送っていた。徳治も美奈それぞれの配偶者との間に、結婚一年目を待たずして一子《いっし》をもうけ、それ以後も子供を次々に授かっていた。

二人とも配偶者に不満があったわけではない。もし、とり立てて、結婚生活二十年間の間に積もった不満をあげつらえば、時間の波が瑞々しいロマンの香りを運び去ったということかもしれない。それは二人の責任でもなければ、愛する努力が不足していたわけでもない。愛そのものが時間によって変質するという定めを内包しているためである。

確かに結婚した当初、いつも配偶者に感じていたときめきや、愛《いと》しいというおもいは色あせてはいた。が、徳治も美奈も、配偶者に不満も恨みもあったわけではない。

それなのに徳治と美奈は出逢ってしまった。

徳治と美奈の出逢いに、特筆すべき意外性もドラマ性もあったわけではない。社会生活の中で、多くの人がくり返している出逢いや別れのひとこまと何ら変わるものではなかった。出逢いの舞台も筋書きも陳腐であった。意外だったのは、二人の出逢いには、手に手を取って駆け落ちをするという極端なフィナーレが用意されていたことであった。

2

東中野の駅前から裏通りに折れた小さな路地にポニーという小さな酒場がある。徳治は何気なく入った酒場で美奈と出逢った。

徳治は、前日が泊まりだったので、珍しく早い時間に帰宅した。改札口を出てから、酒場に寄りたくなったのは、長年に渡ってしみついた徳治の習性だったかもしれない。酒場に寄るならそのまま高円寺まで行けばよかったと小さな悔いが脳裏をかすめた。高円寺には行きつけの酒場があった。せっかく自宅の最寄り駅に降り立ったのに、わざわざ改札に引き返して再び電車に乗り直すほどの強いおもいではなかった。東中野にも酒場はある、と、徳治はおもい直した。

ポニーは徳治の自宅に向かう通りすがりで、何年か前から看板が出ていて、徳治はいつか入ってみようとおもっていたが、おもうだけで、なかなか機会がなかった。

ドアを押すと歌が聞こえた。女の人がカラオケでうたっている。一瞬、失敗したかな?と、おもった。徳治はカラオケが嫌いなわけではない。ただ今夜は、静かに呑みたかったのだ。「いらっしゃい」と大きな声で迎えられて、「またあとにする」と、ドアを閉めて外に出る勇気が徳治には欠けていた。その勇気があれば、美奈と出逢うことも、運命がねじ曲がることもなかった。

徳治はドアを開けた酒場に背を向ける勇気がなかった。心の中でビール一本、水割り一杯で切り上げようとおもってカウンターに腰を下ろした。結局、隣に座った美奈と意気投合し、十二時近くになった。美奈が美人でウイットに富んでいて、会話が楽しかった。

「夫は海外出張よ。今夜はシンガポール……」といって美奈は笑った。

徳治も歩いて五分余りのところに自宅があるとおもうと、銀座や新宿で呑んでいるのと違って、ゆったりした気持ちになった。

徳治もうたい、時々、美奈とデュエットをした。昨夜の寝不足もほとんど気にならなかった。人妻も悪くないな……、と徳治は深い酔いの中でおもった。

「徳さん」と美奈は呼び、徳治は美奈を「みーちゃん」と呼んだ。その夜、二人は手を握ったり、チークダンスを踊ったりしたが、まさか二年後に駆け落ちという大事件を起こして、人生が激変するとは、そのとき、ちらとも考えなかった。

へべれけに近い酔いかただったが、徳治と美奈は次に会う日を約束した。翌朝、徳治は目覚めて、日時と美奈の電話番号をしるしたメモが脱ぎ捨てたズボンの上に落ちているのを見つけた。メモを拾いあげて、徳治は苦笑しながら首を振った。おそらくこの約束は自分は守らないだろうとなと考えた。酔って、いたずら半分に約束したことを、実行できるほどに、新聞記者の仕事は暇ではなかった。メモは書斎の机の引き出しに投げ込んだ。

もし、徳治と美奈の出逢いに運命的なものがあるとすれば、徳治がメモを破り捨てなかったことと、約束の日に不思議なことに奇跡的に時間が空いたことであった。

翌朝、美奈も二日酔いの頭痛を感じながら目覚めた。夫のベッドに夫が寝てないことで、昨夜の自分のご乱行を思い出した。××新聞社の記者という少し軽率な男性と出逢って盛り上がった。昨夜の自分の行動をはしたないとおもいながら、何となく楽しかったことを思い出した。子供たちも、昨夜はどう過ごしていたのか、大きすぎる家ではわからない。門に入って二階を見上げたとき、長男の部屋の明かりは消えていた。長男は帰宅していたのか、外泊したのか、それもわからない。

ベッドの横のサイドテーブルの上からハンドバッグを引き寄せてメモ用紙を取り出した。徳治の自宅の電話番号に目を通し、自宅の電話と局番が同じだと気がついた。徳治も近所に住んでいるのかもしれない。昨夜、二人はどのように別れたのか記憶が定かではなかったが、酒場の前で右と左に別れたような気がした。

メモ用紙を見ながら、美奈は、おそらく約束の日には出かけないだろうとおもった。余りにはしゃいだので、徳治に会うのは気恥しかったし、昨夜は楽しかったが、もう一度その楽しさ味わってみたいともおもわなかった。酔って浮かれて、成り行きで再会を約束したが、今はその気持ちはなくなっていた。

メモを見ながら、美奈はこの日は夫は日本にいるだろうとおもった。夫がいても外出ができないことはなかったが、言い訳してまで出かけたいとは思わなかった。それなのに、徳治と約束した日の三日前に夫は突然香港に出張した。後になって美奈は悪魔の書いた筋書きに徳治も美奈も乗せられたのではないかとおもった。

二回めに会ったときも、とりとめのない会話を交わし、たえず歌をうたい、酒を呑んで、ときどき踊るだけだった。酔いにまかせてつまらない冗談を言って、はしたなく笑った。

徳治は、美奈と戯れていて、ふと恋のはじめのような錯覚を覚えた。美奈も同じことを考えていた。夫に恋をした学生時代、こんな気分を味わった気がした。

徳治は美奈と過ごす時間が恋の始めの感覚に似ていると感じた途端、大学を受験する長男のために夜食を作っている妻のことをふとおもい、かすかな罪の意識を感じ、そのおもいをあわてて、意識のへりから払い落とした。

美奈も、浮き浮きした気持ちを感じるたびに、夫のことをおもったが、夫はいまごろ香港のナイトクラブで、美女をはべらして酒を呑んでいるのではないかと想像し、自分がこの男にときめいているのは、そんな夫へ復讐しているのだと考えた。

徳治は美奈の人柄に好意を抱いた。遊び好きな小悪魔的な人妻だが、多くの主婦の身に付けている所帯じみたにおいはなく、考え方にひねくれたところや卑しさがなかった。天真爛漫な振る舞いは見ていて好感が持てた。

美奈は美奈で、徳治に対して、夫が持っていないお行儀の悪い男臭さを感じた。夫は品がよく、商社マンらしい洗練されたスマートさを身に付けていた。二十代の初めにそんな夫に美奈はひかれた。しかし長年暮らしてみると、夫の隙のない考え方と少し冷たく感じられる雰囲気に、単に息苦しいだけではなく、美奈は言うに言われぬ物足りなさを感じるようになっていた。

夫は法律家の父に厳しく育てられて大人《おとな》になった。社会的には、夫は、考え方も行動も非の打ち所のない模範的な男性だった。夫は、自分が父の鋳型《いがた》に嵌《は》められて育てられたように、子供を自分の考える鋳型にはめて育てようとした。

もし唯一美奈に誤算があったとすれば、そんな夫の性格を恋愛中に見抜けなかったことだった。当然のことだが、恋に狂っていたときは、夫も厳格な父が押しつけていた行動の規範を逸脱して一匹の牡《おす》に変質していた。そのことに美奈は気づかなかった。そのときは、美奈もまた一匹の雌《めす》に堕ちていたのだから夫の本質を見抜けないのも当然のことだった。

裕福な家柄とはいえ、農家の娘として育った美奈と夫とは、生活の中であらゆる価値観が違っていた。救いだったのは、そのことを夫はあまり深刻に考えてはいなかったことだ。

考えが食い違う場面で、夫は「育った環境が違うのだから仕方がないさ……」と、それ以上問題を複雑にすることはなかった。

美奈は美奈で、この夫には何を言っても無駄だとおもい、自分の考えをどこまでも主張することはなかった。夫婦喧嘩らしいことは二人の間には起こらなかった。判で押したように、二年間隔で子供が生まれたのは、人並みの夫婦だった何よりの証拠である。美奈は夫に対して失望も不満もなかった。

それなのに、美奈が徳治に対してときめいたのは、やはり結婚二十年で、夫婦生活が、いささか色あせていたのかもしれない。色あせたという自覚もなかったが、時代も変わって、不倫小説がベストセラーになったりして、妻が夫以外の男性に恋することなど、それほどの大事件ではないような風潮が蔓延していたせいもある。美奈は、夫に知られることなく、徳治とアバンチュールを楽しむことを夢想していた。

徳治は妻に不満はなかった。「汝は妻を愛しているか」と人に問われたら、一片の躊躇《ちゅうちょ》なく「愛している」と答えるに違いない。

徳治は、結婚以来、仕事と酒と麻雀とゴルフにうつつを抜かし、ほとんど家庭を顧《かえり》みなかった。それなのに、妻は二人の子供をしっかりと躾《しつ》け、素直な子供に育てた。心の底で徳治は妻に手を合せていた。

そんな徳治が美奈を抱いてみたいとおもったのは低俗な浮気心だった。人妻の美奈との恋愛なら半ば遊びで、よもや面倒なことになるとは考えてもいなかった。お互いに行動に十分神経を使うなら、決して露見することはないと考えていた。だれにも知られることなく、この、小悪魔的な人妻の身体を味わってみたいと徳治はおもった。

二回めに東中野の酒場で出逢った夜、徳治は自宅に電話をしてもいいかと美奈に訊いた。そのころ、携帯電話を徳治は持っていたが、美奈は持っていなかった。

「電話、オッケーよ。朝の十時過ぎなら電話は私しか出ないから……」

きらりと目を光らせて美奈はいった。美奈の目が誘うように淫蕩《いんとう》な潤いをたたえているように徳治には見えた。

その夜、酒場を出て、暗い露地に入って二人は口づけを交わした。美奈の口づけは濃厚で淫らだった。

出逢ってから、三ヵ月目に二人は銀座のホテルで白昼に結ばれた。夫の会社は近くだとおもいながら、美奈は徳治の愛撫で狂ったように叫んだ。

除夜の鐘

3

徳治も美奈もアバンチュール、好奇心のために一線を越えたと考えていた。この関係は一時的なもので、やがて色あせていくに違いないと考えていた。ところが意外だったのは、身体の関係ができると、恋心がいっそう激しく燃え上がった。

美奈はまさか夫以外の男がこんなにも恋しくなるとは予測も想像もしていなかった。徳治にしても、同じだった。仕事をしながらいつも美奈のことを考えていた。いい年をしてと自嘲しつつ、思慕で息苦しくなった。二人は一途に燃え狂った。

美奈は「おい!」と夫に声をかけられて、一瞬、我にかえることがあった。食事のお代りの茶碗を夫に催促されているのにまったく気づかなかったのだ。鋭い夫の視線に気づき、美奈は狼狽《うろた》え顔を赤らめた。

「何をぼんやりしているのだ? 何か心配ごとでもあるのかね」

内心の怒りも苛立たしさも押し殺して、夫の声は冷静であるが、それだけに美奈は身がすくむようなおもいで全身を硬直させた。

「家の中が少し乱雑じゃないか？　臨時に家政婦でも雇ったらどうかね」

「すみません……」

美奈は身体を小さくしてうなだれた。

夫の静かな叱責は相当にこたえたが、それなのに、徳治の電話があると一瞬にして世の中が明るくなった。

「お母さん何か嬉しいことがあるの？」

末の娘に言われて、我を取り戻すものの、浮き立つ心は鎮まりそうもなかった。徳治の電話で全身の細胞が泡立つような感じがする。

「これから、逢える？」

徳治に誘われると、どんな用事があっても、美奈は都合をつけて飛び出していった。会えば徳治も美奈も時間の観念や警戒心を失っていた。それでもさすがに外泊だけはなかった。ほとんどが昼の情事で、夕方には、徳治は会社に、美奈は自宅に戻った。

二人で過ごしているときには、常識、理性、家庭、世間……すべてのことを喪失して燃えつきた。激しいひとときが終わると、灰のように虚しいものが心に積もったが、筋肉の痛みとともに残された狂おしい情念の残像は、美奈の身体の中にいつまでもくすぶっていた。筋肉が痛むたびに徳治への思慕が炎を噴いた。

こんな激しいめくるめくような恍惚と陶酔が与えられる幸せは、いったい誰の手によってもたらされたのか。美奈はそんなおもいにとらわれることがある。美奈の遠い内部に、こんな幸せは許されるはずがないという声が聞こえることがある。

時折、徳治も美奈も《別れなければ》とおもうことがある。正常な理性によって、一瞬我にかえるのだ。こんな関係は正常とはいえないと、徳治も美奈も自覚している。しかし別れたら、生きていく気力が失われるのではないかとおもった。死んでも別れられない、と徳治も美奈も心の底からおもった。

誰も傷つけることなく、世間から非難されることもなく、このまま愛を全うすることはできないだろうかと考えた。神に、周囲を欺く悪徳漢と蔑《さげす》まれてもいい。それで二人の愛が存続できるなら、どんなに厳しい良心の呵責にも耐えてみようと二人は考えた。

周囲に奇妙と思われる嘘をついても、二人は少しの時間を割いても密会した。密会の日々が続いた。

後先が見えなくなっている二人の行動に、身近に暮らしている人たちが不自然に感じるようになるのは当然である。配偶者が異常に嫉妬深い場合や、相手の行動に、特別に関心を寄せる人が周囲にいれば、二人の行動は早い時期に不審を抱かれていたかもしれない。

ところがあいにく、徳治も美奈もそんな環境にはなかった。

徳治の妻は高校時代には剣道で国体にまで出場した女剣士で、相手を疑ったりするような繊細な女性ではなかった。竹を割ったような性格で、秋田美人と評される美貌とは裏腹に、男勝りで、高校時代のニックネームは巴御前であった。そんないささか大ざっぱなところのある妻は徳治の行動に疑問を抱くことはなかった。

そればかりではない。徳治の新聞記者という職業は世間のサラリーマンと違い、時間も不規則で、外泊などは日常茶飯事であった。それに徳治の遊び好きは生来のもので、麻雀、はしご酒の朝帰りは、新婚時代からくり返されてきた素行で、徳治の挙動不審が不倫発覚の決め手にはならなかった。

美奈の場合、夫は子供の教育には気違いじみた干渉をしたが、日常生活においては、妻にも子供にも放任主義に近い接し方だった。それに二十室近い部屋のある豪邸で、子供たちと顔を合せるのは朝食ぐらいのものであった。それに何よりも夫の海外への単身赴任はしばしばで、妻の行動に不審を抱くほど、身近にいることが少なかった。

二人の愛は何の制約も受けずに野放図に育った。引き返せないほどに燃え盛った。配偶者には何の落ち度もないのに、徳治も美奈も相手をうとましくおもうようになった。

——離婚して一緒に暮らしたい。

ある日美奈に突然ひらめいたおもいだった。

子供への未練はあったが、徳治と別れるくらいなら子供を捨てても悔いはないとおもった。先日、夫に身体を求められたとき、美奈の心に一瞬虫酸《むしず》が走った。

その夜は身体の具合が悪いことにして夫を拒否したが、そんなことが長く続くはずはなかった。徳治と関係ができる前は夫との営みは楽しみであった。今になってみるとそのことが信じられないおもいだった。夫とのかつての性を思い出すと救いがたい自己嫌悪にとらわれた。

《夫とはもう一緒に暮らすことはできない》と美奈はおもった。

徳治は美奈と関係ができてから、一度も妻を抱いていなかった。妻はどうおもっているのか、妻の態度からうかがうことはできなかった。

一度だけ、夜、同時刻に一緒に寝室に入ったとき、妻は悲しそうな視線を徳治に向けたが、そのときの妻の表情は何を物語ろうとしたのか、徳治はあえて考えようとはしなかった。そのとき徳治は無言で自分のベッドに入って、妻に背を向けて目を閉じた。

すでに半年以上も妻の身体に触れていなかった。そのことで妻の態度が変わったということはなかった。妻は、快活に歌などうたいながらキッチンに立ったり掃除機をかけていた。そんな妻に息苦しさを感じた。妻を嫌いではなかったが、美奈のことをおもうと妻の存在がうとましく感じられた。

徳治は口数が少なくなり冗談を言わなくなった。徳治の変化に妻は何かを気づいているはずなのに、面と向かって徳治に問いただすということはなかった。あえて妻の心のうちを忖度するなら、問いただすのが怖かったのかもしれない。

可哀相な妻とおもうことがある。しかし、徳治は自分の心をコントロールすることができない。妻を哀れとおもうが、美奈と別れることはできなかった。

お互いに家庭を捨てて結婚しようと言い出したのは美奈だった。

「冗談か?」と徳治が訊いて、美奈は荒れ狂った。泣きわめき、ホテルの布団を千切った。爪がはがれ血を滴らせ、シーツを赤く染めた。

「こんなことを冗談で言えるとおもうの? あなたは私との関係を冗談だと考えているの? ひどい! ひどいわ!」

その夜、二人は初めて外泊した。

午後の四時から、明け方の三時くらいまで、延々と美奈は泣きわめいた。

遅い夕食のルームサービスを頼んで、少し美奈は落ち着いたのだが、徳治が何気なく言った言葉に再び狂いはじめたのだ。

「遅くなるとみんなが心配するよ」という言葉だった。

「誰が心配するの！」と美奈は気色ばんだ。「あなたの奥さんが心配するの！」と顔を引きつらせた。

「私はだれが心配してもかまわないの！　あなたとさえ居られたらそれでいいの……、あなたは違うのね。あなたは奥さんに心配かけずにこそこそと私と過ごせればいいのね」

泣き叫びながら、ねちねちと徳治を問いつめていった。

二人はへとへとになって抱き合って愛欲に狂い、気がつけば夜は白々と明けていた。

外泊をきっかけに、美奈の家庭にひと波乱が起こるのではないかと徳治は半ば覚悟していたが、何事も起こらなかった。

徳治の家庭は、徳治の外泊など珍しいことでも不思議な事件でもなかった。何事もなく終わったが、日常的には家庭の中に、美奈との恋愛は言うに言われぬ形で暗い影を落としていた。

美奈も外泊事件は無事に打ちすぎた。外泊して昼近くに帰宅してみると、家族全員が外出していた。娘のメモがリビングのテーブルの上に置かれていた。

《お友だちのお家にお泊まりになったの？　それとも朝早くお出かけでしたの？　お父さまも会社で徹夜のお仕事で帰りませんでした。私の作ったオニオンスープが冷蔵庫にあります。お兄ちゃまはお母さまのスープより美味しいんですって。ニッコリ》

娘のメモに美奈は少し心が痛んだが、徳治への思慕は薄れることはなかった。夫も偶然に帰らなかったことは、徳治との恋愛が目に見えないものに守られているような気がした。まさか、神が背徳の愛を守るはずがない。悪魔に救われているのか？　そのとき、ふと美奈の背筋をかすかな悪寒が走った。

無謀、無軌道な行動も表立って非難する人もなく、二人の行動はますますエスカレートしていった。泥沼の愛欲は蟻地獄のように、もがけばもがくほど深みに落ち込んでいった。苦悩の日々が続いたが、二人にはその愛と決別する理性も勇気もなかった。

表立って配偶者との間に確執も騒動も起さなかったが、家庭は冷え冷えとして、居心地は日毎に悪くなっていった。配偶者は何かを感じているに違いない。不貞を疑っていないにしろ、愛情が冷え切っていると感じているに違いない。相手が何か不審を抱いているのだから、疑われている当事者にとっては家庭に居ることは針の筵《むしろ》である。

これも美奈から言い出したことだったが、家庭を捨てて結婚しようという方向に二人の意思は傾いていった。

徳治にとって美奈との愛を貫くことは運命をねじ曲げることだった。会社も辞めず、自分の暮らしを温存したまま、美奈と再婚するわけにはいかないだろう。自分は何の犠牲も払わずに家族だけを不幸にするわけにはいかなかった。そんな行為は世間が許さないだろう。家族には何の落ち度もなかった。妻も子も徳治の恋愛の犠牲者だった。そのことを徳治は百も承知していた。自分も同じように不幸にならなければならないというのが徳治の論理だった。

美奈は夫や子供に告白して、家族に許しを乞うて離婚してもらう考えだった。徳治にはそれができそうにもなかった。家族に何と話せばいいのだろうか。

「他に好きな女性ができたから離婚してくれ」と妻に言うことはできない。

結婚する前、妻と徳治は単なる高校のクラスメートだった。最初は妻は徳治に対して友情以上の感情は持ち合わせていなかった。当時、妻は剣道指南の警察官に密かな慕情を抱いていたふしがある。そこに徳治が現れた。十年目に開かれたクラス会で、徳治と妻は再会した。帰省して出席したクラス会で、徳治は美しく変貌した妻に出逢って虜《とりこ》になった。徳治はなりふりかまわず妻を口説いた。断っても断っても、必死に追いかけてくる徳治の情熱にほだされて妻は愛を受け入れた。それからの妻は献身的に徳治を愛した。徳治は、その妻を捨てようというのである。妻に一点の非もない。悪いのは徳治である。どうせ悪者《わるもの》になるなら、徹底的にワルになろうと徳治は考えた。

「このまま、姿をくらまそう……」

言い出したのは徳治だった。

「姿をくらます?」美奈は不安な顔をした。それから「どんなふうにするの?」と徳治を見つめた。

「逃げるんだ。何もかも捨てて……。知らない土地に行って暮らすんだ」

「駆け落ちをするということ?」

美奈の口から「かけおち」という言葉が出ると、時代錯誤のようにも、不気味な行為のようにも聞こえた。

「そうだ。駆け落ちだ……」

徳治は破れかぶれのような気持ちで言った。

4

決行するまでの間に、徳治に何度か躊躇するおもいがきざしたが、美奈と別れることを考えることはできなかった。おそらく美奈も同じようなおもいに揺れているに違いなかった。無謀な決行の代価は計り知れないほどに大きいことも予測できた。引き返すなら今だという心の声も聞こえた。決行に迷う遠い内部の声は恐ろしい響きを持って徳治の胸の奥に響いた。決行か中止か、くり返される心の葛藤の果てに、徳治も美奈も相手を失ったら生きていけないというおもいに突き当たった。結局、行き着くところまで行くしかないという無謀なおもいが頭の中を占めた。

二十五年も勤めた会社を、何の始末もせずに、そのまま放り投げて行方をくらますしかなかった。このことを会社の誰かに告げれば、狂人扱いにされるのは目に見えていた。妻子を置き去りにして行方をくらますなど、四十過ぎたおとなのやることではない。まさに狂気の沙汰である。

当初は美奈は夫や子供たちにすべてを明らかにして家を出ると語っていたが、徳治がそんなことはできないと言うと、それなら美奈も黙って家を出ることにすると徳治に同調した。美奈は家族に宛てた手紙を、家を出る日に駅前のポストから投函することにした。もし書き置きだと、決行の前に目にふれる危険性があるからだ。

徳治は手紙を受け取った妻の悲嘆をおもうと苦痛で胸苦しくなったが、美奈と別れる苦痛には比べられないとおもった。

問題は徳治個人には自由になる金銭がなかったことだ。会社から前借りすることも考えた。しかし、最後の給料くらいまともに妻の手に渡したかった。十年以上も前から、給与は振込になっていた。

貴重なレコードや書籍は密かに換金した。しかし、それも十万円そこそこにしかならなかった。買うときに無理したことをおもうと嘘みたいな安値だった。情けない話だが、徳治は美奈のへそくりが頼りだった。

美奈は一千万円余りの隠し預金を持っていた。美奈の持ち出す金が、当座の頼りになる二人の財産だった。徳治は、美奈の持ち出す金を当てにしている自分を不甲斐ないとおもったが、残した妻子に少しでも経済的な打撃を与えたくなかった。しかし美奈にその胸中を明かすことはできなかった。

美奈に身勝手だと思われたくなかった。犠牲を払うのは美奈も徳治も同じだった。ただ、美奈は残した家族の経済的な問題では身軽だった。何しろ夫は一流商社の幹部社員。それに比べて、徳治の場合は、自分の家出によって妻子は収入の道が遮断される。その差は大きい。だが、妻子のことを考えて家から金を持ち出すことはできないのだと、美奈に言うわけにはいかなかった。

結局、金の工面がおもうようにいかないことを美奈に詫びるしかなかった。

「私のお金で当座は何とかなるでしょう？　落ち着いたら働きにでるわ」

落ち着くということは、二人の住む場所が決まるということだ。もちろんまだ決まっていない。徳治は、行く先は九州の大分県のF町にしようと漠然と考えていた。理由は、寒い所より暖かい地方のほうが住みやすいとおもったことと、F町は昔、徳治が新聞社の新入社員時代に研修地として半月あまり過ごした場所だったからだ。そのとき逗留した旅館の主《あるじ》夫婦が親代わりになって親身に世話をしてくれたことを思い出した。その旅館の夫婦とは、何十年も年賀状のやり取りで音信が途絶えなかった。夫婦は七十歳を過ぎても、いまだに細々と旅館を続けていた。逃げて行く場所を大分県のF町と決めたのはそれが大きな理由だった。新しい住まいが見つかるまで、老夫婦に世話になろうと徳治は自分の心の中で決めていた。そのことを美奈に話すと異存はなかった。

決行は夏のボーナスが支給されてからと徳治は心のなかで決めていた。少しでも捨てる妻子に金を入れてから家を出ようとおもった。このことも美奈には隠していた。捨ててしまう家庭にいろいろ気を使うことは美奈への裏切りのような気がした。

会社にも知人にも、この世の誰にも決行のことは告げなかった。事前にこの企みが知られてしまうと、決行は不可能になるような気がした。かすかながら企みが露見して決行が不可能になることを望む気持ちもあった。しかし、今更それはできない。徳治と美奈が出逢ってしまったのは運命だった。運命にしたがって大きくねじ曲がった人生を歩むしかないと徳治は心に深く刻んだ。

徳治は妻への置き手紙を書いた。

弘江様
この手紙を手にしたあなたはさぞ驚き、やがて大きな怒りに包まれることだろうと考えながら、ひれ伏してあなたに許しを乞いながら筆を進めます。どんなに許しを願っても聞き入れてもらえないのは当然です。それを覚悟の上の手紙です。何とぞ私の暴挙を呆れ、怒り、軽蔑して見過ごしていただきたいと幾重にもお願いするのみです。子供たちも私の行為を絶対に許さず、私に対して見下げ果てた父として、生涯、憎悪と軽蔑と怒りを持ち続けることとおもいます。そのことも覚悟しています。

あなたという妻がおりながら、私は一人の女を愛してしまいました。理由などありません。女との出逢いは運命としか言い様がありません。妻としてのあなたには一点の非の打ち所もありません。妻としてのあなたに不満があったわけではありません。それなのに、女とは出逢ってしまったのです。

もちろん、妻子のある身として、何度か反社会的な恋愛に終止符を打とうと反省したこともあります。相手の女性とも別れるために真剣な話合いをしたことがあります。結局、二人は別れることができませんでした。相手の女性との関係は、理屈でも良心でも、理性でも、計算づくでも答えの見つからない運命的な結びつきだったのです。

何もかも、中途半端な暴挙です。会社にも辞表を出さず、友人知人にも何も告げずに、このまま蒸発してしまいます。おそらく非難と軽蔑と叱責の声が嵐の如く巻き上がるでしょう。あなたや子供たちの心中をおもうと正直断腸のおもいです。しかし、女性と別れられないのなら、これしか方法がありません。

離婚届にサインしたものを三ヵ月以内に送ります。

憎んで軽蔑して私のことを忘れて生きていってください。子供たちにもそのように言って父のことを忘れるように伝えてください。

六月三十日深夜

徳治しるす

手紙を書いてから数日後、会社のボーナスが出た翌日、この手紙とともに家の権利書、実印、キャッシュカードを妻のベッドの上に置いて家を出た。

この手紙を読んで妻は半狂乱になって嘆き悲しみ、やがて、徳治に対して怒りと憎悪で自分の心をずたずたに切り裂くであろうと考えると、いたたまれないおもいがした。

美奈と待ち合わせた新宿の喫茶店に入った。奥の隅に美奈の姿を見つけた。

「顔色、悪いわ」

徳治の顔を見上げて美奈が言った。

高ぶる心と家族を捨てる罪意識が徳治の顔を引きつらせているのに違いない。

その日の夕刻、徳治と美奈は東京を離れた。

その日、美奈も無口だった。美奈はどんな手紙を家族に残したのか、おもいやるといじらしかった。

――どんなことがあっても捨てるわけにはいかない。

目を閉じている美奈の横顔を見つめながら徳治は深く心に刻んだ。

眠っている美奈はときおり深いため息をついた。

5

暴挙、決行の日から三十年。まさに筆舌に尽くしがたい歳月を徳治も美奈も生きた。

当時、二人には、生きる算段も未来の目標もあったわけではない。

美奈が持ち出したへそくりの一千万円だけが二人の全財産だった。その一千万円も、幾ばくもしないで、アパートの敷金、家財道具一式の調達で、三分の一近くが消えていった。

駆け落ち一年目は徳治は町のペンキ屋の塗装工となり、美奈は弁当屋のパートに働き口を見つけた。

徳治はペンキが厚く付着した作業着姿で橋梁の鉄骨に登った。素人の徳治が採用されたのは、九州の田舎町に何十年に一度という大規模な橋梁の塗装工事があったためだ。ペンキ屋にしてみれば、猫の手も借りたいほど人集めに苦労していた。それほど熟練を要しないサビ止め塗装に徳治が採用されたのである。ペン以外の物を持ったり扱ったりした経験のない徳治が、ペンならぬペンキの缶を腰に吊して、夏から冬にかけて鉄骨にへばりついて川風に吹きさらされたのである。夏の熱風、冬の烈風にさらされて過ごした。

己の惨めな姿に、思わず涙がこぼれたが、家族を不幸に突き落として惚れた女と逃げたのだから、それなりの罰は覚悟の上だった。

生まれたときから貧乏知らずの美奈だって弁当屋で苦労しているのである。道を踏み外さなかったら美奈の人生は安泰だった。

苦労を買って出るという言い方があるが、何の不満もなかった家庭を捨て、妻や夫、愛しい子供たちを置き去りにするほど、二人の愛はかけがえのないものだったのだろうか？正直な気持ち、徳治にも美奈にも確かなところはわからなかった。単なる愛欲の結末とは考えたくなかった。

一時の迷いというにはあまりにも犠牲が大きかった。やはり、二人の愛は人生のあらゆるものより大きかったということだろう。そうでも考えなければ、二人の行動を理解することはできない。

徳治の場合は妻子、美奈の場合は夫や子供を捨て出奔した。人並みに生きることができた平穏な人生を、自らの手で破壊した。平穏な人生より愛のほうを選んだのだ。

徳治も美奈も、家を捨ててから三年足らずで離婚が成立した。お互いの実家を介して離婚届の書類が作られた。以後、徳治も美奈も実家からは絶縁同様に扱われていた。両親の死に目にも会えなかった。実家だけではなく、幼なじみも、学生時代の友人たちも、だれもが白い目を向けていた。二人はあらゆる人から、破廉恥な大犯罪者と同じような目で見られていた。

犯罪者なら刑を償えば社会復帰ができるが、徳治も美奈も、獄舎にこそ繋がれていないが、出獄のあてのない無期懲役囚と同じだった。

昔、徳治の親代わりになって親身に世話してくれた老夫婦を頼って駆け落ちをしてきたのに、その老夫婦も、受け入れてはくれたが、決して二人を許しているわけではなかった。二人に向ける固い表情と、どことなくぎこちない対応がそのことを物語っていた。

この老夫婦のもとなら、しばし羽を休められるだろうと考えていたのに、その期待も誤算だった。きっと老夫婦にしてみたら、大罪を犯した犯人を不本意ながらかくまうことになってしまった自分たちの不運を嘆いていたのだ。

除夜の鐘

転げ込んで三月《みつき》めに、徳治がアパートを見つけたことを報告すると、思わず老夫婦に安堵の微笑がほころんだのを、徳治も美奈も見逃さなかった。

自ら選び取った恋愛の生涯。恋愛という甘美な響きから程遠い、いばらの半生だった。夫であること、父であること、妻であること、母であることを捨てた峻厳な男と女の道だった。理性や計算からは絶対はじき出すことのできない羅針盤のない船出だった。

正常な社会から出奔して二人が遭遇した試練の事件は二つあった。一つは徳治が外泊した夜の美奈の自殺未遂であり、もう一つは美奈の末の娘の結婚式だった。

自殺未遂は、昏睡した美奈が四十時間余りで蘇生し、一命をとりとめた。もし、美奈の意識が戻らないまま、死に至るようだったら徳治もまた死を覚悟した。二人で犯した罪は二人で償うしか道は残されていなかった。美奈が死ねば徳治の人生もそこで終わる。

いつのころからか美奈は末の娘と連絡を取り合うようになっていた。最初は徳治に遠慮してそのことを隠していたが、徳治は自然にそのことを知ることになった。

連絡を取り合うようになったのは、いつのころか定かではなかったが、美奈の捨てた夫が再婚したあたりではないかと徳治は考えていた。新しい母と娘はしっくりいかなかったようである。

美奈と娘が連絡を取り合っていることに徳治は不快ではなかった。むしろ、美奈を不幸の道連れにしたという自責の念が幾分軽くなったような気がした。娘と長電話をした後の美奈の表情を見るのは徳治はむしろ好ましかった。娘と会話を交わした後、静かなやさしさのようなものが美奈の表情を満たした。その日の美奈は徳治にも一段とやさしく接した。

美奈の娘が結婚することになった。嫁ぐにあたって母親らしいことは何一つしてやれないことを美奈は悔やんでいた。

嫁ぐ日が近づくと、美奈はせめて娘の花嫁姿を見たいと徳治にもらした。

「母親の資格がないのに、おろかな望みだとおもうわ」

美奈は顔をくもらせた。

徳治にもとっさに慰めの言葉がおもいつかなかった。

しばらくして、娘とどんな話が交わされたのか、挙式の前日、美奈と娘は銀座のレストランで食事をすることになった。

「怖いわ。会うのが……」

美奈は嬉しさの表情のなかにちらと不安をのぞかせた。

あれから十年近い歳月が流れている。母に捨てられた少女がどんなふうに成長したのか、美奈に不安がきざすのも、もっともなことだった。

当日の朝、徳治はなけなしのポケットマネーから十万円を美奈に渡した。

「ぼくからのお祝いだ。きみが渡すお祝いのなかに加えてくれ」

「飛行機代やホテルの料金まで出費してもらうのに悪いわ」

美奈は遠慮した。

「気にしないで行ってこいよ」

徳治は美奈の肩を抱いた。美奈が母として娘と向かい合うのは今度が最後だろうと徳治は考え、哀れな話だとおもった。どんな経緯でそうなったのか、挙式の前日に娘と昼食を一緒にするのだという。嫁ぐ娘だって何かと忙しいだろうに哀れな母にせめてもの慰めを与えようとする娘の心根もいじらしく思えた。

「式場の娘をひと目見たら、その日の飛行機で帰ってきます」と美奈は言った。

上京したからといって友人とも親兄弟とも会える立場ではなかった。久しぶりの東京見物などする心のゆとりもあるはずがなかった。《ゆっくりしてこいよ》という言葉を徳治は飲み込んだ。

言葉どおり、美奈は翌日の夜には帰宅した。

帰宅した美奈の顔には、疲労のなかに悲しみとも放心ともつかない、暗い表情がただよっていた。


美奈は十年目で捨てた娘と再会した。娘は昔のように「お母さん」と呼んで甘えた口調で接した。あの頃の娘と変わらないのが美奈には悲しかった。娘との再会は大きな喜びなのだが、その喜びの裏側に大きな悲しみが張り付いていた。

自分がいなくても娘は明るく素直に育っていた。

「お母さん、年を取ったわ。ほんとうに幸せなのかしら……」

娘の言葉に美奈は傷ついた。

「ごめんなさい」

涙を流した美奈にあわてて娘は詫びた。

母の姿を見た娘が母親が幸せではないと考えるのも当然かもしれなかった。当の美奈も自分が今、幸せなのか不幸せなのかわからなかった。家を捨て、徳治と暮らすようになってから、自分が幸せなのかと考えたことはなかった。

と、いって「お母さんは今幸せよ……」と娘に答えるのはためらわれた。子供を捨てて他の男と逃げた母親が、捨てた子供に今の自分が幸せだと告げることはできなかった。

「今さら、お母さんは家に戻れないしね……。新しいお母さんが来ちゃったし……」

娘は冗談のように言った。

「もちろんそうよ……」

美奈は、娘の言葉に呆気にとられたような顔をして笑った。

「お母さんと会ったことがわかったら、パパもお兄ちゃんも怒るだろうな」

娘は首をすくめて笑った。

「そりゃあそうよ……。私のために気を使わせてごめんなさい」

美奈は溢れる涙を指で押さえた。

こんな可愛い娘を捨てた十年前の自分が、まるで夢を見ているようで、現実の出来事として信じられなかった。

「彼はお母さんと私が会っていることを知っているわ」

彼というのは明日、娘の夫になる人のことなのだろう。

「私、今日、彼と会うことになっているの」

娘はいたずらっ子が悪さを企んでいるような顔で笑った。遠い昔、何度か美奈が目にした懐かしい表情だった。

「彼も、お母さんに会いたいようだったけど、それはお断わりしたわ。もしばれたら、私は情状酌量してもらえるけど、彼の場合、立場はないわ」

その言い方だけは大人の口調だった。

「そりゃあそうよ」

「彼と会いたい?」と娘は笑った。

「会って、娘をよろしくって、言いたいけど……その資格が私にはないもの……」

娘は黙ってうなずくと、ハンカチで目頭を押さえた。

別れていた十年間、美奈の知らない時間を、娘は言葉を選びながら、美奈に教えてくれた。美奈を傷つけないように、当たり障りのないことを選んで語る娘の言葉に思いやりを感じた。

一番母が必要な時期に母に捨てられたのに、母を憎むどころか、いたわっている娘の心のうちをおもい、美奈はなんでもない話にさえ涙がこぼれた。

娘の結婚式は目黒の教会だという。

「お祖父ちゃんは和式の結婚式を望んだけど、私は教会にしたの」

「そう？　どうして？」

美奈は訊いた。

「和式だとお母さんが私の花嫁姿を見ることはできないわ」

「何のこと？」と美奈は首をかしげた。

娘は口もとにかすかに笑みを浮かべた。

「これ、オペラグラス……。あげるわ」

小箱を美奈の前に差し出した。

「……？」美奈は、首をかしげて娘の顔に視線を当てた。

「教会の門を入ると、そちこちにベンチがあるわ。遠くのベンチから、教会の入口をこのオペラグラスで見ると、中から出てきた私の顔がよく見えるわ。お式は十二時少し前に終わるわ」娘は自分に花嫁姿を見せるために教会での結婚式を選んだのだ。

「まあ、そんなにまでして……。お祖父ちゃんは、お前の文金島田が見たかったでしょうに……」

美奈の頬を涙が伝った。

「いいのいいの、披露宴のお色直しで和服を着て、島田のかつらをかぶることになっているから……」

娘はくったくなく笑ったが、美奈の涙は止まらなかった。

食事のときに、大手企業が所有するビルの最上階のイタリアンレストランに場所を移した。高級レストランだった。

「高そうね」

思わず美奈は口走った。

「心配しないで、私のおごりよ」と娘は笑った。

「このくらいはお母さんだって持ってるわ」

「そりゃあそうでしょうけど、弁当屋さんのアルバイトって時給が安いんでしょう?」

娘は何気ない口調で言った。

驚いて美奈はおうむ返しに訊いた。

「あら、どうして知ってるの」

訊かれた娘の目には笑いがたたえられていた。

「お祖父ちゃんが興信所で調べたんですって……」

「興信所?」

美奈は信じられなかった。

「お祖父ちゃんは裁判官を辞めてから、長野県でしばらく弁護士事務所を開いていたんですって。興信所はそのときいろいろ調査を頼んでいたところらしいの」

娘の説明で何となく納得したが、いつの間にか身辺を探られていたのかとおもうと、あまりいい気もちはしなかった。

「お祖父ちゃんはパパに、美奈はあまり幸せではなさそうだと言っていたらしいわ」

娘は容赦のない言い方をした。

「何と言われても仕方がないわ」

美奈は小さい声で言って娘に悲しげな視線を向けた。

「お兄ちゃんは、お母さんが幸せそうでないと聞いて、いい気味だと言ったけど、私はお母さんが幸せでいてほしいとおもったわ」

娘の言い方には優しさがにじんでいた。

「ありがとう……。あなただけでも味方がいるとおもうとうれしいわ」

「でもわたし、お母さんを許しているわけではないのよ……。単に可哀相だとおもっているのかも……」

「そうよね。あなただって許せるわけはないよね。でもこうして会ってもらえるなんて、夢のようだわ」

美奈の正直な気持ちだった。

食事が終わって、腕時計に視線を落として娘は立ちあがった。

「もう時間だわ。明日はお話はできないわ……」

「ありがとう。いろいろ気を使ってもらって、体を大事にね。幸せになってね」

娘はこっくりとうなずいて、手を差し出した。

その手を美奈は握った。この手を引いて幼稚園、小学校に同行した、娘の幼い頃が、美奈の脳裏を一瞬、駆け巡った。

レストランの勘定は娘が払った。


翌日、教会の庭のベンチに美奈は座って、建物の入口に目を凝らしていた。教会の庭は広く、ベンチは随所に置かれていた。何組かの式が行われるらしく、ウエディングドレスを着た花嫁がベンチでくつろいでいた。式の始まるのを待っているのかもしれない。

美奈は帽子を目深にかぶり、雑誌を膝に広げてうつむいていた。雑誌から目をあげてときどき、教会の入口に視線を向けた。

もう数分で正午という時刻に、華やいだ一団が教会の入口から姿を現した。入口の両側に並んだ人々は何やら歓声をあげた。花が空に撒かれ、ひときわ歓声が高くなった。やがて腕を組んだ新郎と新婦が現れた。遠目ではあるが、新婦は娘であることを美奈は認めた。

オペラグラスを目に当てると、娘の顔がクローズアップで映し出された。娘の顔は幸せそうに輝いていた。一瞬、オペラグラスに笑顔を向けて娘は手を振った。もちろんそのことに気付いた人はいない。一瞬のコミュニケーションを知っているのは美奈と娘だけだった。息子らしい姿、夫らしい姿、舅、姑らしい姿もオペラグラスに映し出された。名状しがたい感情が美奈の内部を圧したが、オペラグラスの風景はすぐに涙で曇った。

正午を知らせるチャイムが鳴った。

美奈は立ち上がると教会の入口にゆっくりと足を向けた。

6

徳治と美奈は駆け落ち二十年目で東京八王子市の郊外に戻ってきた。

二十年という時間はあらゆる悔恨や苦悩を風化させて、それなりに暮らしは現実に適応し、九州での日々が身に付いていていた。

東京に戻ることになったとき、徳治も美奈も、心の片隅にためらう気持ちもあった。このまま、この場所に骨を埋めることになってもいいのではないかというおもいが二人の中にはあったのだ。

今さら東京に戻ることの意味は徳治にも美奈にもなかったのである。それでも、結局戻ってきたのは、何となく東京が第二のふるさとというおもいが二人の中にあったからだ。八王子の住みかは、東京といってもほとんど神奈川県の県境に接するMという静かな町だった。

東京に戻ることになったのは、徳治の仕事の成り行きと言っていい。

徳治は、九州に落ちてきて最初に勤めたのは町のペンキ屋だった。町の中心部に架かる大橋の鉄骨塗装の臨時工として雇われた。大工事だったが、一年足らずでさび止め塗装の仕事は終わった。それから、何となく二年ほど、そのままペンキ屋に日雇いのような形で勤めを続けた。民家の屋根、商店の看板、新築家屋の屋内のニス塗りなど、雑多なペンキ塗りの仕事で、若い職人のアシスタントとして働いた。

最初の橋梁の鉄骨塗りの仕事で、徳治は自尊心や過去の栄光についての誇りは捨て去っていた。ペンキで作業着が鎧のように固くなったのを着て狭い町を自転車で走るのも恥ずかしいと思わなくなった。軽トラックの荷台に若いアルバイトの青年と乗って作業現場に向かうときも泰然として走り去る町並みを見下ろしていた。

若い職人から叱責されるのも、アルバイトの若者たちから、「おっさん」と半ば軽視されているのも平気になっていた。

徳治の身の上については、職場でもいろいろと取り沙汰されていた。

五十歳に近く、端正な面持ちをしている徳治がペンキまみれの仕事をしているのは、確かに周囲では腑に落ちないのも当然だった。火のないところに煙は立たないというが、徳治の身の上の噂はほとんど見当はずれだった。

ペンキ屋に出した履歴書もほとんどでたらめで、正しいのは名前と卒業した高等学校だけだった。年齢も五つもサバを読んでいたが、社長がろくに履歴書を読みもしないまま採用したのである。

徳治の過去はこの町では謎に包まれていた。

学生運動で人生を棒にふった男。刑務所がえりの男。やくざの妻を寝取って逃げている男。犯罪者で、指名手配をされている男。

いずれの噂も、徳治がいかがわしい過去を背負って、身を潜めているムードを漂わせているために作り出された虚像である。それだけ徳治は胡散臭い雰囲気を身に付けていたというわけだ。

噂の当人としては苦笑する気にもなれなかったが、気分的には、いずれの噂もそれほどはずれているようにも思えなかった。心のどこかに世間の目を恐れている自分があった。そんな噂は徳治にとってお笑いだったが、美奈は深く傷ついたようだった。噂は人づてに美奈の耳に入り、そのとき美奈は徳治にすがって泣いた。

ペンキ屋の次は運送屋の手伝い、パチンコ屋の従業員、印刷屋のチラシ作りと仕事を変えた。印刷屋でチラシ作りをしているとき目にとまったのが『新聞記者募集!』の文字だった。大分県のF町周辺の観光地をエリアにしているミニコミ紙が記者を募集するチラシだった。年齢制限は三十五歳以下で、六十歳近い徳治は応募資格がなかったが、だめでもともとおもって履歴書を送った。送った履歴書は嘘偽りのない履歴書だった。

ほとんどあてにしていない応募だったが二十日ほどして電話があった。残暑のくすぶる九月の半ばだった。電話のベルで徳治は午睡から醒めた。受話器を取ると太い男の声が響いた。応募した新聞社の社長じきじきの電話だった。

「あなたは、昔××新聞にいたんですね……?」

と、電話の声は言った。

「私はあなたと同じ時期〇〇新聞にいました」と電話の主は続けて言った。〇〇新聞は××新聞のライバル紙で、大手の新聞社だった。

「応募のことはともかく、一度会社へ来てください。呑んで話をしましょう」と気さくな声で誘われ、徳治は承諾した。

気の早い社長で、電話を切ろうとした徳治に「今夜はどうです?」と言った。

徳治の応募した新聞は、地方ブロックの名前を冠した〇×西部新聞という名前だった。見た目は、活字も紙質も通常の新聞と変わらなかった。時折、大手の〇〇新聞に折り込まれて配達された。スーパーなどの商品チラシと一緒に配達されるが、徳治は〇〇西部新聞が折り込まれて来るのを心待ちにしていた。〇×西部新聞はれっきとした購読新聞で、ときどき折り込まれるのは読者を勧誘するためである。地域の特性をとらえた新聞で地元にも結構愛読者がいた。徳治も新聞を手にするたびに購読を申し込もうとおもったものである。

社長が大手の〇〇新聞の記者出身という経歴を知って、新聞の質の高さに納得した。新聞のエリアに含まれる市町村の議会の議題や議事進行の状況、議決の内容、市町村の予算などの克明な紹介、予防注射や法律相談などの役所の通達、町内会の行事、祭事やイベントの企画、俳句会、短歌会の作品の紹介など、大手新聞の地方版以上に神経が隅々に行き渡っていた。社会面らしきところには、交通事故や地方名士の死亡記事なども掲載されていた。

その日、徳治は夕刻、新聞社を訪ねた。地方ブロックのミニコミ紙なのに、社屋は二階建ての大きな建物だった。裏に別棟があり、専用の印刷所になっていて輪転機が回ってい た。玄関の受付で名前を名乗ると、まだ少女の域を出ない女性が社長室に案内してくれた。廊下の左右に編集室があり、廊下のはずれに経理部と社長室が向かい合っていた。

社長室はまるで大学の研究室のようで、乱雑に積み上げられた書籍の隙間に社長専用の大きな机が置いてあった。四方の壁は本棚で、雑多な書籍が並べられていた、長身痩躯《そうく》の蓬髪《ほうはつ》の男性が机から立ち上がって満面の笑顔で徳治を迎えた。「金杉です」と名乗って握手の手を差しのべてきた。徳治も名乗って差し出された手を握った。暑い日だったのに、冷たい手だった。

足の踏み場もないような書籍の間に小さな応接セットが置かれていた。徳治はその席に腰をおろした。金杉も向かいの席に腰をおろした。

金杉は先週東京に行ってきたという。今後、東京大阪などの大都市圏の広告も入れようという構想があるのだという。

「広告部長を連れて行きましたが、仕事は部長にまかせて、私はもっぱら昔の仲間と酒を呑み歩きました」

前歯が欠けた口をあけて笑った。

「清田くんとも会いました。知っているでしょう××新聞の清田幸三……」

清田は徳治の数年先輩で、新聞社在籍中は特別に可愛がってもらった。

「知っています」と言ってうつむいた。

清田を始め、恩のある先輩上司を裏切って徳治は姿を消した。合わせる顔がない。

「一昨年、定年を迎えたと言っていた……」

「懐かしいですが、合わせる顔がありません」

徳治は正直に言って引きつった顔で笑った。

「聞きましたよ……、あなたの武勇伝。なかなかやりますね」

金杉は静かな微笑をたたえて小さな声で言った。

徳治は清田の並々ならぬ好意に、後ろ足で砂をかけるようにして蒸発した。清田は徳治をよく言うはずがない。

「あなたを懐かしがっていました。ただ、あの頭のいい彼が、なんであんな行動を起こしたのかいまだに理解しがたいと首をかしげていました」

「一言もありません」

「あなたはエリート記者だったんですってね……」

「とんでもありません」と体を小さくした。

金杉は清田から徳治に関するいろいろな情報を持ってきてくれた。

徳治が蒸発したあと、清田のはからいで、依願退職扱いにして幾ばくかの退職金も家族の手に渡されたという。重役の反対を押し切って徳治の息子を××新聞に入社させたのも清田だという。

「清田さんが私の息子を××新聞に……」

不覚にも徳治の目から涙がこぼれた。

「息子さんは、父親の不祥事のつぐないをするために××新聞に入社したいのだと清田さんに訴えたのだそうです。普通なら敬遠するところですがね。あなたの息子はえらいもんですな」

「お恥ずかしい……」

徳治は頭をさげた。自分の捨てた息子が新聞記者になったという話は徳治の胸底に名状しがたい感慨を湧き上げ渦を巻いた。

「私もあなたを責める資格などありませんよ」

金杉は笑いながら言った。

「この続きは、呑みながらにしましょう……」

金杉は立ち上がって机に戻ると社内電話で車の手配を命じた。

車に乗ってから「あなたとは昔、一度も会いませんでしたかね」と、金杉は徳治の顔をまじまじと見つめた。

「さあ……?」と徳治も金杉を見返した。

「警視庁の記者クラブ……、それに都庁記者クラブにも出入りしていたことがあります。よく、清田さんと霞が関の雀荘で徹夜したもんです」

金杉は言った。

「私も警視庁の記者クラブは何年間も日参していました。どこかでお目にかかっているかもしれませんね。都庁のほうは一度も行ったことがありませんが……。霞が関の雀荘はときどき清田さんに連れていってもらいました」

徳治は答えた。

「どこかできっとお目にかかっていますよ」と金杉は言った。

「私は、他社の記者とはあまり親しくしませんでしたから……」

徳治は首をかしげながら言った。

その日、金杉に連れていかれたのは、裏通りにある小料理屋の二階だった。二階の窓から、飲み屋街の路地が見渡せた。金杉は窓を閉めてカーテンを引くとエアコンのスイッチを入れた。金杉は遠慮する徳治を上座に座らせた。

ビールで乾杯すると、金杉は冷たいお絞りで首の辺りを念入りに拭いた。

金杉はビールを豪快にあおった。

「私もあなたと五十歩、百歩の人生を歩んでいますよ。まあ、少しは私のほうが傷は少ないかな……」

それから、痩せたからだをのけぞらして大きな声で笑った。

金杉も徳治が蒸発した時期とほとんど同じころ、酔ってタクシーの運転手を殴り、警察沙汰となり、翌年、この町の支局に飛ばされたのだという。

「私には、結構野心もあり、末は部長か局長かとひそかに満を持していたのですから、事件を起こしたときは人生を半ば絶望しましたね……女房、子供にも愛想をつかされ、単身赴任ですわ」

意外な話に徳治は驚いたが、金杉が東京からこの地に来て小さな新聞社を起こした理由がわかった。

「この地に来て五年ほど経ったときに、大阪本社に戻してやろうかという話もあったのですが、その時はすっかりこの地が気に入ってしまいましてね。食べ物は旨いわ、温泉は近いわ……。それにこちらに女もできましてね。それから間もなく離婚して、この地に骨を埋めることにしたんですわ」

ビールのグラスに日本酒を注いで、のどを鳴らして飲み干しながら金杉は身の上話を続けた。自分の流離《りゅうり》の半生を語ることで徳治を慰めているのかもしれなかった。

定年前に退職して、退職金でミニコミ紙の新聞社を立ち上げた。地元の市議会議長は金満家で、彼の協力と投資が後押しをした。

最初は赤字続きだったが、やがて広告費と出費が均衡して何とか自転車操業で続けて来たが、二年ほど前から購読者が急に増えて黒字になったのだと金杉は語った。大判八頁、公称十万部、月三回の発行で、広告収入も倍増したのだという。

記事の売り物は「望郷の人」「大都会万華鏡」で、人気頁は「市民町民文芸欄」「議会通信簿」などだという。

「望郷の人」は地元出身者が異郷でどのように活躍しているかのレポート、「大都会万華鏡」は東京、大阪、札幌、仙台、名古屋、神戸などの大都市に今何が起きているかをリアルタイムで紹介する頁だという。文芸欄は投稿者が俳句結社や同人誌が多く、なるべく投稿者全員を掲載することで購読者が増えているという。八面はほとんど全頁を投稿欄に当てているが、月内に掲載しきれないほど投稿が多いと金杉は語った。

「購読料を伸ばすためには投稿者を増やすことですわ」

金杉は徳治に酌をしながら説明した。

公称の十万部はともかく、半分の五万部でも購読料が入るとすればすごいものだ。配達は〇〇新聞の販売店が引き受けているという。〇〇新聞は金杉の昔勤めていた新聞社だ。

その夜、何軒かの酒場をはしごしてアパートに送ってもらった。どのように話が交わされたのか、徳治の記憶にはなかったが、いつの間にか新聞社に入社することになっていた。アパートの前で車を降りるとき、金杉は「来週の月曜日から出社してください」と徳次の手を握って言った。その日は木曜日で、四日後の出社だった。

「まだ、夏の背広だけど、今の背広は他所には着ていけないわ。上下のスーツは他所行きがあるけど冬服なのよ」

美奈は顔を曇らせた。

「暑かったらワイシャツにネクタイだけで行くよ」

徳治は屈託なく言ったが、美奈は首を振った。日曜日、デパートに既成の背広を買いに二人は出かけた。

デパートの食堂に座った美奈は「お給料いくらぐらいかしら?」とはにかむように言った。そう言えば事務的な話は何もしないで、いつの間にか入社することになっていた。

「六十近い年齢《とし》の途中採用じゃ、いくらももらえないだろう」

「そうね……。使ってもらうだけでも有難く思わなければね」

美奈は神妙な面持ちでいった。

出社した徳治は社長室でいきなり、社長付き編集局次長だと言われた。

「あなたの場合非公式採用だから、正式辞令は出しませんが、社員にはそういうことにしますから、そのつもりで」

金杉は言った。

「きみの席はそこです」と金杉が指差したのは社長室を入ってすぐの右端で、デスクはすでに用意されていた。先日来たときは、その場所にはおびただしい書類や書籍が積んであったのだが、きれいに片付けられ、古びた年代物の机が置かれていた。

肩書きからいうと、社内のナンバー2ということになる。何しろ、今まで局長は社長が兼務していた。

「きみの月給は、三十万円でどうかね。確かに安いとおもうよ。きみの年齢から言えば、年収一千万円というところだろうが、何しろ、きみの場合、途中採用だからね。まあ、その半分でどうかね。年収五百万円がめどだ。ボーナスは夏五十万円、冬七十万円は保証する。ただし今年の冬は入社三ヵ月だから餅代二十万円というとこかな」

言い終わって、金杉はじろりと徳治をにらんだ。いつの間にか「あなた」が「きみ」になっていた。

「過分な待遇です」

徳治は頭を下げた。半分は正直な気持ちだった。心の中であれこれと考えていたのは日給、一万円であった。月に二十五、六日の勤務で、手取り二十四、五万円くらいかなと読んでいた。あるいは日給八千円とも、時給二千円かなとも考えた。もちろんボーナスのことなど念頭になかった。ペンキ屋、運送屋の勤務は日給だった。印刷屋は時給二千円に、コピーや文案の原稿料の出来高だった。どの会社もボーナスはなかった。夏も冬もボーナスには無縁で、手取りが少し多くなる程度の手当であった。それに比べれば、新聞社は破格の採用条件だった。

正直、徳治は正常なサラリーマンとして採用されるなどとは考えてもいなかった。新聞社には社会保険、失業保険など並みの会社の福祉制度が完備されていた。

「働けるうちは働いてもらうよ。七十歳、八十歳でもいいよ。きみがもう少し若かったら、二代目社長にでもするところだが……、もうきみも定年の年だしね、社長は無理だな。まあしかし、二、三年経つと、昇給も少しはある」

金杉は真面目な顔で言った。

その日の朝礼で、金杉は徳治を新任の編集局次長として紹介した。××新聞社出身で金杉は徳治を昔の友人といって紹介した。突然、何の前ぶれもなく目の前に舞い降りた初老の上司に社員は戸惑ったが、当人は××新聞社の出身で、社長の友人ということになれば局次長も当然と誰もが考えた。

今まで、金杉は若い記者の原稿に入念に手を入れていたが、その仕事が徳治に回ってきた。徳治の部下に、編集部長の肩書きを持つ管理職もいた。この男は文学青年で東京の一流私学を出ていたが、自分の小説書きに熱心で会社の仕事には身を入れていなかった。

徳治が入社したことで、自分の部長としての責任が軽くなったことを喜んだ。酒が好きで、夜は酒場に入り浸っていた。徳治は誘われて何度か相手をした。

「ここの勘定は会社の交際費から落としましょう」

部長は決して飲み代の自腹は切らなかった。徳治は同人雑誌に掲載された彼の小説を読んでみた。才能があることはわかったが、作家としてのデビューは無理だろうとおもった。部長は、怠け者で酒好きだったが、真っ直ぐな心の持ち主だった。徳治の嫌いなタイプではなかった。徳治は気を許して酔ったとき、つい自分の過去について語った。

「次長はえらい、本当の人間です。私は尊敬します」

一部始終を訊いた部長は、涙を流して徳治の過去を称賛した。

「それに比べて社長は単純無類の女たらしです。人を殴って左遷されて、都落ちをして、その地で金持ちの料理屋の未亡人に手をつけて会社を興して成功したんですからね。不純な男です。その社長に比べて、次長は自分の人生を棒に振って一人の女を愛し続けたのですからえらい。えらい。男の鑑《かがみ》です」

部長は社長の悪口を言った。それに反して、部長はすっかり徳治に傾倒した。

「私は作家としてデビューしたら、局次長の愛の道行きを小説にします」と涙を浮かべて語った。駆け落ちではなく道行きと言ったのが徳治には面白かった。家に帰って美奈にこのことを語ると「浄瑠璃《じょうるり》みたいね」と笑い転げた。

7

ミニコミの新聞社に入社して十年近く経ったとき、突然、金杉から徳治に東京行きの話があった。徳治は七十歳を目前にしていた。

そのとき徳治は編集局次長の肩書きはそのままだったが、対外的には編集担当重役といった感じで、第一線からは少し身を引いた立場に立つようになっていた。

小説家志望の編集部長も定年近くになっていた。

「私が引退しますから、部長を局次長に格上げしてください」

徳治の進言に社長は小さくうなずいた。

徳治に東京赴任の話があったのはそれから間もなくだった。

新聞の売り物「望郷の人」「大都会万華鏡」はまだ人気の連載物として読者の反響が大きかった。

この十年ほどは、金杉の昔の友人で、元〇〇新聞記者だった社友に原稿を依頼してきたのだが、その友人がガンで入院した。おそらく退院しても再起は無理だろうとのことだった。金杉は昔のツテでいろいろと後任を探していたが、健在の仲間も、いずれも八十歳前後になっていて、引き受け手はなかった。この一ヵ月、電話取材や通信社の原稿を利用して徳治が何とか穴を埋めてきた。そんなときに徳治に東京行きの話があった。

東京に定住して「大都会万華鏡」「望郷の人」の記事を送ってもらえないかというのである。大阪、神戸は〇〇新聞の大阪本社OBの社友に引き続き引き受けてもらうが、ガンで入院した知人に代わって、東京、仙台、札幌の「万華鏡」と、東日本在住の「望郷の人」の記事を請け負ってもらえないかという話だった。

正直なところ、その頃、徳治はいつ辞表を出そうかと考えている矢先のことだった。自分の社員としての仕事に限界を感じ始めていた。

単に、辞職するのではなく、半分身を引いた形で最後の奉公をすることになった。金杉への恩返しとしては格好の仕事だった。

条件は、家賃、光熱費は会社負担で、取材費は全額会社負担、原稿は四百字換算で、一枚一万五千円を払うというものだった。「万華鏡」は一回五枚、「望郷の人」は一回三枚、月に一度か二度の掲載である。一度でも手取り十万円にはなった。二度の月は二十万円である。そして、東京行きを承諾した翌月に、徳治は予想以上の退職金を手にした。

仕事は、取材費は会社持ちで仙台や札幌に出かけて何ヵ所か写真を撮ったり、話題の人にインタビューをする仕事だった。仕事に美奈を同行したこともあった。体力さえ続けばまたとない隠居仕事だった。家賃も光熱費も会社持ちである。

社会部長は「どうせ会社が払うのだから、六本木か銀座周辺の高級マンションを借りたらどうですか？　何も八王子郊外の田舎に引っ込むことはありませんよ」と徳治を盛んにそそのかした。

「いやあ、華やかな都会暮しはご免ですよ。それにいつ辞めさせてもらうかわかりません。会社を辞めたとたんに、家賃を払えなくなったのでは困りますから……」

徳治は笑った。実際いつ辞めるか予想がつかなかった。飛行機で出かけても、札幌や函館から帰ってくると、疲れでぐったりした。

これ以上続けるのは無理だ。そうおもいながら、東京に来て、いつの間にか十年以上の歳月が流れていた。八十歳が目前に迫っていた。

年の終わりに、今年を区切りで来年は辞めようといつもおもう。そうおもいながら年が明けると仕事に取りかかった。

美奈の髪は真っ白だった。若いとき好色そうな唇をした美奈の口もとの辺りが徳治は好きだったが、今は完全な老婆の顔だった。頬はたるみ、目はどんよりと曇り、ときには目脂《めやに》で目尻が汚れていることがあった。

美奈はこの頃、同じことを何度も言う。少し惚《ぼ》けがかっているのかもしれなかった。美奈は今年になって二度失禁した。徳治がいなければおそらく美奈は生きてはいけないだろう。そんな美奈にしてしまったのは、自分だと徳治はいつもおもう。貧しさゆえの生活の不安と見知らぬ土地での苦労が美奈の頭脳の劣化を早めてしまったのではないかと考えることがある。新聞社に勤めたおかげで、幾ばくかの蓄えはできたが、安心して老後を過ごせる金額ではなかった。

《おれが死んだら美奈はどうするのだろう?》

ときおり徳治の脳裏をかすめるおもいだったが、そのおもいが兆すと徳治はあわてて脳裏から払い落とした。

結局《なるようになるさ》という安易な結論に落ち着いた。結論というより、思考の放棄である。

「芳樹ちゃんが来年、大学を卒業するんですって……」

美奈は書斎で本を読んでいる徳治のところに来て、今朝から三度めの報告である。

以前は、同じことを繰り返したとき「その話、三度め」と冷たく言い放ったものだが、美奈は悲しそうな顔をするので、今では徳治はそのつど相づちを打つ。

芳樹というのは美奈の末の娘の長男である。娘の結婚式を遠くからオペラグラスで覗いてから、もう、二十五年近くになるのだ。

「そうかい、芳樹くんそんなに大きくなったんだな」

それから、一時間ほど経って美奈は書斎に再び来た。

除夜の鐘

「芳樹ちゃん来年大学を卒業するんですってよ……」徳治は苦笑して顔をあげた。

「この話、あなたに教えましたかしら……」

美奈は不安そうに顔を曇らせた。

「うん、この間、聞いた気がする……」

徳治は微笑みながらうなずいた。

「あらごめんなさい、あたしぼけたのかしら……」

美奈は首をすくめて顔を赤らめた。

「なあに……、年を取れば誰でも物忘れはするさ」

徳治は慰めるように言った。

それからしばらくして美奈は再び徳治のところに来た。

「明日は大晦日ですね」

「大晦日は今夜ですよ。明日は元日です」

「あらっ大変！　黒豆を煮なければ……」

美奈は真剣な顔をして立ち上がった。

「美奈さん。御節料理《おせち》はデパートに頼んだでしょう。夕方には届きますよ」

「あら、そうでしたかしら、安心したわ」

美奈はほっとした表情をした。

デパートに御節を頼んだのは美奈である。去年まで、御節は美奈が用意した。ほとんどが八王子の駅ビルで買い揃えた品だったが、重箱に詰めるのは美奈だった。今年はそれが大儀になったからデパートに頼んでいいかと美奈は十一月の末に徳治に訊いた。

自分でデパートに申し込んでおいて、そのことを忘れているのだ。

美奈の黒豆の味は抜群だった。子供の頃から、実家の祖母に仕込まれた秘伝の味だった。美奈のかつての家庭でも、徳治と駆け落ちしてからも、何十年という長い間、美奈は大晦日には黒豆を煮てきた。御節を頼んだことを忘れても、黒豆を煮なければというおもいは美奈の意識のへりにこびりついていたのに違いない。可哀相にと徳治はおもった。

「八王子の町に出てみるかい?」

徳治は声をかけてみた。少し雑踏の中を歩いたほうが、美奈の気分転換になるだろうとおもったのだ。ぼけ防止には、外出も少しは効果があるのではないかと考えた。

「そうですね。あなたのマフラーも買わなければなりませんね」

分別ありげに呟いて美奈は同意した。

タクシーの中では、何を考えているのか美奈は車窓に目を向けたまま身じろぎもしなかった。徳治は、この二、三年、美奈の心のうちがときどきはかり知れないとおもうことがあった。美奈は孤独なのだろうと考えることもあった。そう考えると、美奈に対して深い哀れみを感じた。美奈を不幸にしたのは自分だとおもうことがあった。美奈だけではなく、自分の捨てた妻子、美奈の夫や子供も不幸にしたのは自分かもしれないと強い罪の意識にさいなまれることがあった。

八王子の駅前でタクシーを降りた。大晦日の人出に恐れをなしたように、美奈は体を固くした。雑踏は幸せの固まりのように音を立てて二人の周りを流れていく。その流れに逆らうように二人は漂っているような気がした。

美奈を連れてきたのは逆効果だったかもしれない。

「洋服、買ってやろうか？」

いたわるような口調で徳治は美奈に語りかけた。

「いりません。着て行くところなんかありませんもの」

しっかりした口調で美奈は拒否した。こういうときはぼけているようにはみえなかった。

「それより、あなたのマフラーを買わなければ……。今のマフラーはあなたと結婚……」

と言って美奈は口をつぐみ、

「あなたと暮らし始めたときの冬に買ったのですよ。あれからもう、そろそろ四十年ですよ」

と言った。歳月の計算も確かだった。

「マフラー、あれでいいよ。ぼくにとってきみに買ってもらった思い出のマフラーだ」

笑わせようとしたのだが、美奈は笑わなかった。この頃ときどきこういうことがあった。美奈は冗談に反応しなくなったのだ。

美奈の後ろについてエスカレーターに乗り、売場に向かった。売場の一角に女物の手袋の安売りのコーナーがあった。美奈は赤い手袋を手にとってじっと見つめていた。

「それ、気に入ったの？　買ったら？」

「これ買っていいですか？」

「いいとも、そんな安いのではなく、もっといいやつを買ってやるよ」

「いいえ、これが欲しいんです」

美奈は毅然とした口調で言った。

赤い手袋を買うと美奈はうれしそうに微笑んだ。

「これ、して帰ろうかしら」

「ああ、そうしなさい」

美奈は子供のようにうなずいた。袋の包みから取り出して、古い手袋を袋に入れた。

カーキ色のコートに赤い手袋は少しちぐはぐだったが美奈はご満悦だった。

徳治のマフラーを買うことは忘れてしまっているようだった。

地下でインスタントの年越し蕎麦《そば》を買って駅ビルを出た。

タクシー乗り場に歩き出した徳治の腕を美奈はつかんだ。

「私の手袋を買ったんだから、電車で帰ろうよ。無駄遣いだよ、タクシーは」

美奈は眉を寄せて言った。

「大丈夫だ。心配しなくてもいいよ。早く帰らないと御節が届くから……」

「あっそうだ。御節だった……」

呟くやいなや美奈は徳治をはねのけるようにしてタクシーに乗り込んだ。

やはりこういうところは異常なのかもしれないと心が痛んだ。

帰ると、御節は向かいの大家が受け取っていてくれた。

「○×デパートの御節とは豪華ですな」大家は冷やかすように言った。

「二人前ですからたかが知れていますよ」徳治は笑って弁解した。

その夜は静かな大晦日だった。

蕎麦にお湯を注ぎ、湯きりをしたあと熱湯で溶いたたれを蕎麦の上にかけ、エビの天ぷらを乗せれば年越し蕎麦の出来上がりだった。

去年は駅前の蕎麦屋に食べに行った。そのとき美奈は「美味しくないわ」と不平を言った。「美味しいよ」と反論した徳治に「あなたはお酒を呑んでいるから味がわからないのよ」と美奈は決めつけた。意地の悪い言い方に、そのときふと、異変を感じたが、あの頃から美奈の頭は少し劣化していたのかもしれないと徳治はおもい返した。

今夜は美奈も缶ビールをグラスに空けて呑んでいた。

「美味しいわ」と美奈は言った。

徳治は冷や酒の肴に蕎麦をすすったが、美味しいという味ではなかった。

美奈は今夜の紅白歌合戦を楽しみにしていた。新人の美男の演歌歌手が美奈のお目当てで、今年で紅白出場が二回めなのだと、美奈は徳治に説明した。

紅白の始まる前に酒ビンを抱えて徳治は書斎に入った。酒を呑みながら総合雑誌を開いた。テレビの音は大きかった。この頃、美奈は少し耳が遠くなっていた。テレビの音の大きさに徳治は耐えた。美奈の行動のあらゆることを徳治は許そうと考えていた。それがせめてもの贖罪《しょくざい》だった。

いつの間にか酒のコップを握ったまま、徳治は机に向かって居眠りをしていた。

「あなた」と呼ぶ声がまどろみの中に滑り込んできた。徳治は顔をあげた。

美奈は足もとに座っていた。赤い手袋の両手をひざの上において正座していた。

「除夜の鐘よ」と美奈は神妙な面持ちで徳治を見上げた。

「えっそんな時間か?」

聞き耳を立てたが鐘の音は聞こえなかった。

「聞こえないな?」と首をかしげた。

「あなたはこの頃、少し耳が遠くなったわ」

美奈は非難するような口調で言った。

徳治は立ち上がって窓辺に近寄った。

「窓、開けないでよ、寒いから……」美奈は小さく叫んだ。

窓に耳を寄せると、窓越しに小さく鐘の音が聞こえた。「あっ聞こえた」と徳治は言って窓辺を離れて椅子にもどった。

「今まで、あなたと何回、除夜の鐘を聞いたかしらね？」

赤い手袋の両手で美奈は自分の頬をはさんで、しんみりとした口調で言った。口調は狂っているようには思えなかった。

徳治は年数を心のうちで数えてみた。

「除夜の鐘、あと何年一緒に聞けるのかしらね……」

徳治が言葉を発する前に美奈は言葉を続けた。

「……」徳治は言葉に詰まって唇を噛んだ。

「あと十年は無理よね」

「ううむ……。十年じゃおれは九十歳近くなるからな」

徳治は美奈に視線を向けて応えた。

「とうとう死ぬまで一緒に暮らしたわね」

美奈は赤い手袋に視線を落として呟いた。

徳治は美奈の横顔に視線を向けたまま除夜の鐘に耳を傾けていた。

完

殉《じゅん》愛《あい》

1

直彦《なおひこ》の死は突然だった。

《神はひどい！》と秀子《ひでこ》はおもった。

七十三歳の死は早すぎる。

その日の朝まで直彦は元気だった。

ゴルフに出かける朝はいつも上機嫌で、玄関で秀子を抱いて激しいキスをする。

「今晩が楽しみだな」と言うのも口癖だった。冗談ではなく、その日の夜は激しい愛撫を秀子に加えるのが習慣となっていた。

「昼、ゴルフで疲れはないの？」と訊く秀子に「おれはまだまだ若いからな」と直彦は言って、殊更に自分の若さを誇ってみせた。

今夜も直彦との激しい性愛の時間が持てるとおもうと、秀子は体の芯で熱く溶けるものがあるのがわかった。

ゴルフ場から、直彦のゴルフ仲間の滝本《たきもと》が電話をかけてきたのは、午後の二時頃だった。

「奥さん。今、直さんが病院に搬送されました」

咳き込むような滝本の声が受話器から流れてきた。

「病院？」一瞬何のことかわからずおうむ返しに声を出した。

「倒れたんだ。突然」

滝本の声に秀子は目の前が暗くなった。言葉を発する間もなく、受話器を握ったまましゃがみ込んだ。

「とにかく病院に出かけます。詳しいことは病院から電話を入れます」

滝本の電話が切れた。

直彦が突然倒れた。《今朝あんなに元気に出かけたのに……》そうおもった途端に目まいがして、秀子はソファの上に崩れるように倒れた。

一時間ほどして、滝本から電話がきたが、すぐに病院に来るようにという電話だった。

「連絡が取れたら、子供さんにも連絡して来てもらってください」

「そんなに悪いんですか？」

秀子の声は震えて言葉にならなかった。

秀子の問いには答えずに滝本は私鉄沿線の大学病院の所在地を告げた。

「タクシーで来るより電車の方が早いかもしれない……。とにかく急いで！」

秀子は直彦の長男が住むアパートに電話を入れた。

「山瀬《やませ》でございます」

嫁の律子《りつこ》の声が受話器から流れてきた。

直彦と暮らすことが決まってから、彼女を長男の嫁として紹介された。長男と同じようにこの嫁も、秀子には最初から反感を持っていた。この五年の間、一度も会ったことはなかった。会うどころか、電話一本かけ合うこともなかった。しかし、この際そんなことにこだわってはいられない。直彦の危急について告げなければならない。五年間絶交状態でも、今はそんなことに拘泥《こうでい》していることはできなかった。

「何の用事ですか？」

秀子からの電話だとわかると、急に律子の声は冷たくなった。

「直彦さん」と言ってから「お父さんが倒れて病院に運ばれました」と秀子は言い直した。

それから、滝本に聞いた病院の所在地を律子に告げた。

「そうですか。わかりました。主人に伝えます」

冷静に律子は答えると、何の質問もせずに電話を切った。

秀子は秀子で《これで役目は済んだ》のだというおもいだった。心の内では、誰にも知らせずに直彦のもとへ駆けつけたかった。一緒に暮らすと決めたときから、直彦は子供のものではなく、自分だけのものだと秀子は考えていた。しかし、滝本に「子供さんにも伝えて」と言われた手前それを無視するわけにはいかなかった。

支度をして表に出たとき《私はこれからどうなるのだろう?》というおもいが秀子の心のへりを鳥影のようにかすめた。

しかし心の一部では、直彦はこのまま死んでしまうとはそのときは考えなかった。

2

秀子は五年前、五十八歳のとき夫を亡くした。三人の子供はそれぞれ家庭を持っていて、夫が死んだことで特別に困ることも、途方に暮れるということもなかった。そのとき、還暦が目前なのに秀子は元気だったし、独りになったことで特別に心細いというおもいもなかった。秀子は生前の夫に憎しみを抱き続けたまま暮らした。

秀子の結婚は父親の友人の紹介で見合い結婚だった。夫は江戸時代から続く漬け物屋の七代目で、老舗の御曹子らしいおっとりとした人柄だった。秀子は見合いの席で一目で端正な顔をした夫が好ましく思えた。

しかし、結婚して三ヵ月目に知って、仰天したのは、夫に芸者の愛人がいたことだった。そのことを知ったとき、半狂乱になって秀子は家を飛び出して実家に戻った。それからというもの、姑が日参して家に戻ってくれと懇請《こんせい》した。不思議だったのは実父も実母も、夫に女が居ることなど、大げさに考えてはいなかったことだ。

夫をなじることなく、両親は怒り狂う秀子を不思議な女だという目で見つめた。

「お前に似て、秀子は焼き餅焼きだな」と父は母に言い、母は「まあ嫌らしい」と言いながらへらへら笑って父に応じていた。

秀子にとって、夫への怒りは焼き餅というような生易しいものではなかった。女の純情を踏みにじった裏切りであり背徳であった。

ところが実母は「あれほど真剣におまえに詫びるお姑《かあ》さんは気の毒だわ。帰ってあげなさいよ。あんないいお姑《しゅうとめ》さんのところに嫁いだおまえは幸せだよ」と言って「私なんかお義母《かあ》さんに、父さんの浮気をなじろうものなら、浮気は男の甲斐性だと、たしなめられたものですよ」と語った。

母の見当外れの説得にますます心を閉ざす秀子だったが、やがて妊娠していることがわかった。

自殺も考えたが、お胎《なか》の子供がふびんだった。秀子は二ヵ月目に、心で泣きながら、迎えに来た姑と一緒に婚家に戻った。

それからの歳月は、夫への愛を失《な》くしたまま、心の通わない人形のように生きた。それでも、三年置きに子供が生まれた。

傍目《はため》には平凡な夫婦に見えたかもしれないが、何十年となく、秀子の心のうちは色のない冷たいものに覆われていた。一日として耐えられない陰りの日々だったが、そんな暮しを続けられたのは、三年置きに生まれた子供たちを育てなければならないという母親の本能的な愛情のせいだったかもしれない。

夫は六十歳で、長男に漬け物会社の社長の座を譲って、東京郊外の高級マンションを老後の住まいとして購入した。その二年ほど前に舅も姑も相次いで他界していた。夫と二人きりで暮らすことを考えると秀子は気が滅入った。

夫が時折体を求めてくることがあったが、秀子は断固としてはねつけた。五十代の半ばから夫婦の間に性の営みはなかった。

頑として夫の愛撫を受け付けない秀子に対して「夫婦じゃないか」と夫は居丈高《いたけだか》になって叫んだが、秀子は姑がなくなってから一度も夫に体をゆるさなかった。

「立川のお方をお抱きになれば……」と秀子は冷笑を浮かべた。夫の愛人は立川に住んで子供までいた。大抵はその言葉で夫は引き下がった。

「もう別れた」と夫はぶ然と言ったが、いまだに立川に通っていることは秀子は女の勘で確信していた。愛人との間に子供までいるのに、そう簡単に別れられるはずもなかった。

立川の愛人については、姑が死ぬ一年ほど前に、会社の顧問弁護士を通じて法的に決着をつけたことは秀子も知っていた。そのとき、莫大な金額を渡して後腐れがないように整理した。それは法律上のことで、夫はむしろ、そのことで安心したのか、気がねしないで愛人のもとに通っていた。

姑は、それを契機に、息子と女の仲は切れているとおもっているらしかった。

「秀子さんには長い間嫌なおもいをさせましたね。これであなたにやっと顔向けができるようになりました」

姑はいたわるような口調で言った。秀子はほとんど気にも留めていなかった。夫は子供たちの父親だが、秀子は夫を夫とはおもっていなかった。夫と考えていない男がどんな振る舞いをしようが痛みを伴う感慨を持ちようがなかった。

夫と秀子がマンションに移って一ヵ月も経たないとき、夫が激しい腹痛に襲われて救急車で運ばれた。翌日、病院に出かけた秀子は、主治医から精密検査の結果によっては、翌週緊急の手術をするかもしれないと言われた。

「まだはっきりとは判りませんが胆嚢《たんのう》にガンの疑いがあります」

主治医は少し眉を寄せて言った。

これで夫は死ぬかもしれない。

秀子に一瞬ひらめいたおもいだったが、不安も悲しみもなかった。子供にはいい父親だった夫の死は、子供たちに悲しみを与えるだろうと考えると、それだけが煩わしさに似た感情となって秀子の内部に広がった。

病院に日参したのは夫婦としての愛情ではなく、同居人の義務感からだった。数日間の入院で夫は急速に痩せ衰えた。

一週間めに主治医から手術は手遅れだと伝えられた。

「驚かないでください。余命は三ヵ月くらいだと覚悟してください」

驚かないでくれと言われたので、驚かなければ医師に悪い気がして秀子は顔を曇らせた。内心、《これで夫から解放される》というおもいがあったが、人間の終わりって案外あっけないものだという感慨もあった。

夫は三ヵ月も待たずに肺炎になって死んだ。享年六十一歳だった。

夫の死を立川の愛人に知らせたのは子供たちへの当て付けだった。子供たちは、傍目にも異常に思えるほどに嘆き悲しんだ。葬儀の場に愛人の子供が現れたのは、子供たちの悲しみに水を注す事件だった。長男は立川に異母兄弟がいることを薄々知っていたが、次男も長女も初めて知って強いショックを受けた。

「お母さんが知らせたのですか?」

長男は少し険しい顔で秀子に訊いた。

「ええ、そうよ」

秀子は何食わぬ顔で答えた。

「何のためにそんなことをしたのですか?」

「何のためにですって？　あの人はあなたと血を分けた兄弟ですよ。何のためという言い方はないでしょう。お父さんの死はあなたと同じように悲しいはずです」

長男は無念そうな顔をして口をつぐんだ。秀子の理屈はもっともだった。

「お母さんは平静でいられるのですか? 悔しくはないのですか?」

長男は真剣な目をして言った。

「さあ、昔のことで忘れてしまったわ」

秀子は静かな口調で言って、少し笑った。

愛人の子は、焼香のときに思わず落涙した。子供たちは、異母兄弟が涙をしたたらせて焼香する姿をあぜんとした顔で見つめていた。焼香が終わって、愛人の子は、涙の顔で遺族席に向かって拝礼した。返礼したのは秀子だけだった。

愛人も一緒に来たはずだが姿は見えなかった。寺の境内には入らずに息子だけを焼香させたのかもしれない。

葬儀が終わって、家族が揃ったとき、娘は不安そうな顔で秀子に訊いた。

「あの人、遺産についてうるさいことを言ってこないのかしら?」

「お祖母《ばあ》さまが抜かりがないように始末されていますから、その心配はないわ」

秀子が答えると、子供たちは安心したような顔をした。

3

秀子は広いマンションに独り残された。空虚な日々であったが、心にこびりついていた夫への憎悪や怨念が洗い流されて一種の清々《すがすが》しい想いに満たされている自分を自覚した。夫の死に対して一片の悲しみもなかった。

夫を思い出させるような品物は家の中からすべて取り除いた。それは見事なものだった。訪ねてくる子供たちは、不思議そうな顔をして秀子に言った。

「まるでお他所《よそ》の家に来たみたい」

秀子は子供たちの疑問に答えずに静かに微笑んだ。

秀子は夫が死んで二年間は買い物と散歩と、時折子供たちが預けに来る孫の子守で月日が流れた。退屈な日々だったが、秀子には退屈が苦痛でも不満でもなかった。

夫と年齢が三つ違いだった秀子も夫の死後二年で六十歳を迎えた。六十歳を迎えた年から秀子は町内会の主催する健康体操に出るようになった。マンションの近くに大きな公園があった。毎朝、音楽が流れ、号令をかける声が流れてきた。かすかな人のざわめきも感じられて、一人暮らしの秀子には人恋しさを感じさせた。

体操の時間は午前九時から三十分間だった。ある朝、秀子は音楽に誘われて公園に来てみた。公園の入口でためらっている秀子に、近くのスーパーで面識のある主婦が声をかけてきた。

「奥様、どうぞこちらに」と言って自分の隣に秀子を呼んだ。

その日から秀子は健康体操の常連となった。

体操の参加者の多くは、主婦や会社をリタイアした初老の男性だった。

一度健康体操に参加すると、秀子は朝が楽しみになった。ほとんど会話を交わしたことのない主婦と、終わってからとりとめのない立ち話をしたり、公園のベンチに座って話し込んだりした。マンションに越してきてから、一年余り、世間と没交渉で過ごした。越してきてからだけではなく、秀子は嫁いでから、ほとんど世間というものを知らずに過ごしてきた。姑が生きている間は世間との接触はほとんどが姑が引き受けていた。秀子は子育てと家事で日を送った。

朝の健康体操がきっかけで、顔見知りになった主婦に招かれてお茶をしたり、連絡を取り合って遠くの町にあるデパートに買い物に出かけることもあった。このような暮らしこそが本当の生活というものだ、などと改めておもったりした。

秀子は朝の体操に季節に合わせたお洒落をして出かけた。体操をするのだから、軽快な服装なのだが、それなりに気を配って、上に着るシャツはカラフルで派手なものを選んで着ていくようにした。秀子の朝のお洒落は体操参加者の間で評判になっていると親しい主婦に聞いて、注目されている自分に秀子は悪い気がしなかった。

体操参加者の体操をする位置は、いつの間にか自然に決まってしまう。参加者は毎朝、ほぼ同じ場所に立って体操をする。参加者は公園の土手に沿って円を描くように並んで輪を作った。

最初は意識しなかったが、そのうちに秀子にだけわかるように合図を送ってくる向かい側の男性がいた。かすかに腰の辺りで小刻みに手を振って合図を送ってくるのである。しかし、なにぶん、はるか離れた向かい側に立っている人の合図なので、最初は、その合図が自分に送られてきたものかどうか秀子にはわからなかった。

周囲を見回しても、自分の周辺に合図を受けている人がいる風にも見えなかった。自分に向けられた合図かどうか、試すつもりで秀子は胸の辺りで小さく手を振ってみた。すかさず相手が片手を挙げて大きく手を振った。やはり小さな合図は秀子に向けられたものだった。離れているので定かではないが、顔も微笑んでいるように見えた。

それからというもの、毎朝、手を挙げて挨拶を交わすようになった。秀子は毎朝の体操が楽しくなった。

朝、他のだれにも気づかれないように、手を挙げて挨拶を交わすだけのことだが、それが小さなときめきで、心が浮き浮きしてくるのである。体操が終わってから話し込むわけでもない。体操が終わってしまえばお互いに家路に向かうのだ。相手のことを知りたいとも話したいとも思わなかった。第一、顔もはっきりと見えるわけではない、はるか向かい側で体操をしている人というだけのことだ。

ある朝、手を振る相手の男性が体操に出ていない日があった。秀子にはその日の体操が

殉　愛

つまらなくおもえた。浮き浮きした感情が一瞬にして陽が陰るようにしぼんでいくような気がした。拍子抜けという感じだった。二日間も続けて向かい側の男性が体操に出ない日があった。秀子には何となく味気ない二日間だった。

考えてみれば、離れていて顔さえよく見えない男性だった。したがって年齢の見当もつかない。朝の九時の体操に出るくらいだから、会社勤めをしているとは考えられない。おそらく定年で会社勤めをリタイアしているだろうと予測していた。年齢からいって家族はいるに違いない。家族と暮らしているのか、妻と二人で暮らしているのかそれもわからない。妻がいるのに一人で朝の体操に参加することはあるまいとおもったが、自分が夫が生きていればおそらく夫と一緒に参加することはあるまいと考えると、妻がいるのに一人で参加することだってありえないわけではなかった。そんなことをふと考えて、あの男性にこだわるのは、恋に似た感情に近いような気がして、思わず独り苦笑いをした。

秀子が高等学校のとき、自転車通学をしたが、毎朝、同じ時刻に橋の上ですれ違う高校生がいた。兄と同じ高校なので身近に感じられた。色の浅黒い凜々しい顔立ちの美少年だった。少年の高校は電車で四つも先の駅で自転車通学には少し遠い気がしたが、野球の選手でトレーニングのつもりで自転車通学をしているのだということを兄に聞いた。

「勉強もスポーツもずば抜けている。あいつは文武両道に秀でたやつだ。顔も美少年ときている。映画会社からスカウトにきたが蹴飛ばした。巨人軍の誘いなら考えると言っていたよ」

兄に噂を聞いて秀子の心はときめいた。

自転車通学ですれ違うとき秀子の顔は真っ赤になった。通学一年目ころから、すれ違うとき少年はかすかに秀子に対して微笑みを見せるようになった。秀子も微笑み返した。ある日少年と会うことがなくなった。野球の練習中にデッドボールを受けて緊急入院したのだという。会えない日々、秀子の心は暗く陰った。

何日かして再び路上に彼の姿を見たときは秀子はうれしさの余り鼓動が高鳴るような気がした。

しかし、そのときは少年が卒業する何ヵ月か前で、それ以後彼の姿を橋の上で見ることはなかった。何日かして、彼は受験勉強のために、自転車通学から電車通学に変えたということを兄から聞いて、思わず秀子は涙を流した。

そんな秀子を見て、兄はひとこと「ばかだな」と言って哀れむような目付きをした。あのときの感情はまさしく、恋の感情だった。そのときの胸が締めつけられるような恋情に比べて、体操の相手へ感じるちいさなときめきを恋と呼ぶには、あまりにたわいなく、加えてそれを恋と呼ぶには秀子は年を取りすぎていた。しかし、二日間体操に出てこなかった相手が三日めに現れたときの感覚は、あの高校時代の自転車通学の男子生徒と再会したときの喜びに似ていた。

「まさか」と口に出して呟いて、秀子は自然と頰が緩むような感じを抱いた。

七月、八月は朝の体操は朝食前の六時から三十分に変わった。体操の輪の中に小学生や中学生の姿が混じるようになった。秀子は二回出てみたが、知り合いの主婦も出ていなかったし、向かい側に立っている合図の男性も姿を見せなかった。メンバーの顔もずいぶんと入れ替わっていた。シニアの面々は、暑い盛りは体操を休むのかもしれない。秀子も二回出ただけで、三回めは休んだ。

ある日、野菜や総菜の買い出しに駅前の大きなスーパーに出かけた。そのスーパーの入っているビルの最上階はラウンジになっていた。買い物が終わって秀子は昼食をそのラウンジでとろうとおもった。

生ビールと赤ワインを飲みながら、和風ハンバーグを食べて帰ろうとおもった。以前娘と来たとき、入って食べたハンバーグが美味しかったのを思い出したのだ。そのとき、隣の席で若い男性が豪快にジョッキを空けているのを見て、美味しそうに見えた。

「私たちも飲みましょうよ」と、娘に言うと、娘は「嫌よ。ビール買っていってお家で飲めば」とあっさりと断られた。少し無念の気持ちを残していたので、今日はそれを実行してみようと秀子は少し弾むような気持ちでエレベーターに乗った。

秀子は入って右端の窓際の四人がけのテーブルに付いた。

「四人がけですと、昼食時に混んできたら、他のお客様とお相席をお願いするかもしれませんが……」とウェイトレスは言った。

階段を五段ほど上がって一段と高くなっているスペースには二人がけのテーブルが並んでいた。そこからは外の風景は見えない。それにせっかく落ち着いたのにまた席を移動するのはおっくうな気がした。

「相席かまいませんわ」と秀子は答えた。

ここからの眺めを秀子は気に入っていた。駅の回廊を行く人の列を見下ろせた。ひっきりなしに電車が来て停まり、再び走り去って行った。電車から吐き出される乗客、乗客を吸い込んで走り去る列車、見ていて飽きなかった。今さら席を移るのもおっくうだった。せっかくいい場所に当たったのだ。

のどにしみこむ冷えたビールが美味しかった。窓の外に広がる風景に目をやりながら、冷たいビールに堪能するひと時は秀子に小さな幸福感を与えた。

《夏の間は一日置きにここへ来てビールを飲もう》

秀子はビールのかすかな酔いの中でそんなことを考えた。

一杯のジョッキが空になるころ、昼を知らせるチャイムが鳴った。ラウンジに昼食を求めて集まってくる人々が増え続けていく。秀子のハンバーグの皿もほぼ食べ尽くしていた。退席する潮時だとおもった。ワインに少し未練があったが、混んできたラウンジを見回してこのまま席を立とうと、伝票に手を伸ばそうとしているときに声をかけられた。

「此処《ここ》、いいですか？」

顔をあげると、黒いTシャツに麻の背広をラフに着こなした初老の男性が立っていた。どこかで会ったことがあるような気がしたが、思い出せなかった。声をかけてきた男性も首をかしげるような仕種《しぐさ》を見せて秀子の顔を見つめた。

「どこかでお会いしませんでしたかね？」と男性は秀子に訊いた。

「私も、先ほどから……」秀子も首をかしげて応えた。

「そうだ体操じゃないですか？」

男性は笑顔になった。

そういわれれば、そんな気がした。離れていてはっきり顔は識別していなかったが、体操といわれればそうに違いない。それ以外の場所で会ったということは考えられなかった。

秀子も思わず笑った。

「ついに会えましたね」と男性は言った。その言葉に続けて「今日と昨日《きのう》あなたは体操に出ませんでしたね」と、男性は秀子を見つめて言った。

「その前に私は出ていました。あなたは出ていらっしゃらなかった」

秀子は言った。

「そうですか……、女房の三回忌で郷里の寺に行っていましてね……、四日前に東京に帰ってきたのですが、体操は朝が早いので、つい出そびれていました。しかし、昨日、あなたに会いたくなって出てみたのですが、あなたは出ていなかった」

男性はまじめな顔をして言った。

「会いたいなんてお上手言って……」と秀子は大きな声で笑った。ビールの酔いで少しはしたないかもしれないと、おもい、笑顔を消して立ち上がった。

「帰るのですか？　せっかくお近づきになったのに……。ビールもう一杯いかがですか？

もう少しお話しをしたいのですが……」

男は哀願するように秀子を見上げた。

「それなら、ワインをいただきますわ」

秀子は言って席についた。秀子もワインに未練があったし、もう少し話していたい気持ちもあった。何しろ、気がかりだった体操のお向かいさんに、せっかく会えたのだから、この機会にいろいろと話をしてみたかった。

「私はこういうものです」

男性は名刺を出した。

名刺には『山瀬直彦』と印刷されていた。住所は同じ町内で、秀子のマンションに近い場所だった。

秀子も名を名乗った。

「中峰秀子でございます。近くの銀河マンションに住んでおります」

直彦は驚いたように顔をあげて「高級マンションですな」と呟いた。

「高級かしら、駅に近いだけですわ」と秀子は答えた。

「中峰秀子さん……そういえばあなた高峰秀子に似ていますね」

直彦は昔の映画スターの名前を出した。

「嫌ですわ、旧姓は吉川です。中峰に嫁いだのは偶然ですわ。それにあんな大スターに似ているはずがありません」と笑った。

直彦はこの町で生まれ育っていた。

「ふるさとで成長してふるさとで老いるなんて幸せですわ」

秀子の実感だった。

「そうですかね。子供たちは田舎がほしいと言っていました」

「私にも田舎はないんですのよ。父が転勤、転勤で、日本中を転々としました」

秀子は幼いときの転勤のたびに友達と別れる淋しさを思い出して言った。

その日はお互いの今までの半生について、気の向くままに話し合った。直彦は六十八歳、建築士で大手の建設会社に勤めて定年を迎えたこと、妻とは恋愛結婚で、一人の息子に二人の娘がいること、趣味で油絵を描いていると語った。息子夫婦と同居していること。二人の娘は嫁いで、大阪と仙台に住んでいると語った。

秀子も見合いで漬け物屋に嫁いだこと、二人の息子と娘が一人いること、銀河マンションに越して来てすぐに夫がガンで亡くなったことなどを話した。夫に愛人がいたことについては話さなかった。漬け物屋は長男が継いでおり、次男も娘も結婚して、どちらも東京に住んでいることなどを語った。

その日、昼過ぎに会って三時過ぎまで話し込んだ。ランチの客はみんな引き上げ、広いラウンジには客の姿はまばらになっていた。

秀子には、ビールとワインの酔いはまだ残っていた。直彦は酒が強いようで、ビールの後にワインを二杯も飲んで特別に態度が変わった風には見えなかった。

「もっと話していたいが、そうもいきませんな」

直彦は笑いながら言った。秀子も同じおもいだった。

「明日、私、体操に出ますわ」

秀子は言った。

「私も出ます。しかし体操だけでは物足りませんな。明日も昼飯を食べませんか?」

直彦は笑いながら提案した。

「息子さんご夫婦と一緒でしょう?」

秀子は訊いた。

「共稼ぎで二人とも留守ですよ。孫は夏休みで家にいますが、孫たちは私がいないほうが喜びます」

　そんな会話を交わしているうちに、二人は、また明日もこのラウンジで十一時半に会うことにした。

　秀子は、明日まで生きる張りのようなものが生まれた。

4

　秀子と直彦の交際は静かに進んでいったが、これが恋と言えるのかどうか秀子にはわからなかった。

　考えてみると、秀子には恋愛の経験がなかった。

　高校生のころのほのかな慕情は人並みに持ったことがある。しかし恋は育つことなく思い出の中で蕾《つぼみ》のままに終わってしまった。夫と出逢ったころ、恋に似た思慕の心は持ったものの、恋は育つことなく憎悪に変貌してしまった。

　秀子は、女として男を愛したこともなく、恋愛の喜びを知らないまま、六十歳を迎えたことになる。自分をみじめとも、哀れともおもったことはないが、他人の恋愛物語を聞くにつけ、自分の生涯は少し歪んでいるのかなと考えたことはあった。

しかし、実母も姑も恋愛を知らずに結婚し、それなりに人生を全うしてることを考えると、何も秀子だけが恋愛を経験していないというわけではない。明治の女や江戸時代の女たちの大半は恋愛を知らずに生涯を終わっているとも言えた。古い時代の女たちは、逆に恋愛に生きたために、心中したり、ときには刑罰を受けたりした。

愛を知らずに嫁いだ多くの女たちも、結婚後、愛する心が生まれて、夫との恋愛の日々を過ごしたのではないか？……と、秀子はふとおもった。舅が死んだとき、見ているのも気の毒なくらい号泣した姑のことをおもうと、そうとでもおもうほかはなかった。二人はきっと愛を育んだのだと秀子は少し、羨む心で考えたものだった。きっと舅と姑は二人で愛を育てた生涯だったのだ。そう考えると、この年になるまで恋愛を知らない自分の生涯は何か大きな間違いを犯しているように思えるのだった。

直彦との交際を、これが愛かしら？　と、ふとおもうことがあった。確かに体操だけで別れた日は、物足りなく、索漠としたおもいで一日を過ごした。まして、体操に直彦が現れないと、その日一日中秀子は不安だった。直彦が四日間体操に出ないときに、不安におもって電話をした。電話は携帯だった。直彦が電話に出た。

「こちらから電話をしようとおもっていた。ごめんごめん……」

直彦は少し元気のない声で言った。

「どうしたの？　ご病気？」

「そうなんだ。風邪で熱が出てね。今朝から平熱になった。もう大丈夫だ」

直彦の状態がわかると、心のうちに広がっていた憂鬱《ゆううつ》が拭われるように消えていった。おかしなことに、秀子の目に涙がにじんだ。

「熱が下がると食欲が出てね。あなたに電話を入れて、ラウンジで食事をしようとおもっていた。どう？これから」

直彦は言った。

「病気上がりで出歩いちゃだめよ」

「でも、会いたいんだ。四日も顔を見てないだろう……」

直彦の言い方に、愛を告白しているような感じを抱いた。

「それなら、家に来る？」

思わず言ってから、《ああ、とうとう言ってしまった》と秀子はおもった。これも、愛の告白かもしれないと秀子は自分の心を見つめた。

ちょっとの間、無言が流れた。

「もしもし……、どうかした？」

直彦の不安そうな声が受話器を通して流れてきた。

「いいえ、別に、お家にいらっしゃる？」

と、秀子はもう一度言った。

「いいのかい？　迷惑じゃない？」

直彦のためらいがちな声が聞こえた。

秀子には、直彦の嬉しそうではない声が少し不満だった。

「あなたが迷惑ならお誘いして悪いわね」

秀子は少し意地悪な言い方をした。

「迷惑だなんて、誘われて夢のようだ」

直彦は少し笑いを含んだ声で答えた。直彦の声が子供のような幼稚な響きに聞こえて、
秀子は心が少しうずくような感じがした。

「それなら、いらして、今夜は寒いから寄せ鍋にしましょう。五時にいらして……」と言ってから部屋の番号を告げて電話を切った。

——やはり、愛なのかもしれない。

秀子は自問自答しながら外出の支度をして買い物袋を手に下げて部屋を出た。直彦のために買い物をしているとおもうと、やはり浮き立つような気持ちだった。

買い物は一時間ほどで終わった。最後にワインと日本酒を買った。いつもはすかすかの買い物籠が今日は山盛りになった。

家に帰ってから、鼻唄をうたいながら掃除機をかけた。考えてみると何十年間もうたいながら掃除をするなどということはなかった気がする。こんなに陽気な気分になったのは生まれて初めてかもしれない。きっと、秀子は自分の心が、直彦を迎えるということで高ぶっているのだとおもった。

この気持ちが愛の始めかどうかはわからなくても、とにかく一人の男に関心を寄せていることを秀子はその日しっかりと受け止めた。

秀子は、女学生でもあるまいし、こんな気持ちを持ったからといって自分がどうにかなるはずもないと考えると急に浮き浮きした心が平静になった。

——今夜だけ楽しければいいわ。

秀子は再び歌をうたいながらねぎを切り、白菜を刻んだ。

暖房の温度を一度上げて、テーブルの上に鍋をセットした。

それから、鏡台の前に座ってルージュを引いた。六十の女の顔は、やはり老いは隠せないが、今日は自分が少し輝いているように見えた。

鏡台から立ち上がってコンロの前に座った。そのときチャイムが鳴った。秀子はコンロに火を点すと玄関に出た。ドアを開けると、コートの襟を立てた直彦が立っていた。秀子は喜びが全身を貫くおもいがした。

「いらっしゃい！」声が弾んだ。

やはり、これは恋の始まりであることを秀子はそのとき感じた。

直彦との会話は楽しかった。どんな話題でも新鮮に聞こえた。子供時代のこと、学生時代のこと、会社のこと、子供たちのこと、孫のこと……、どんな話題にも引き込まれて、感心したり、笑ったり、直彦の苦労話には同情した。直彦の亡き妻の思い出話には、ジェラシーに似た感情を持った。

鍋の物を直彦のために小鉢に取ってやるのも楽しかった。考えてみると、夫にはそんな思いやりを持ったことはなかった。これが恋愛なのかしら？　などと、秀子はおもった。

直彦は昨日まで熱があって寝込んでいたとは思えないように、よく食べてよく飲んだ。

秀子も飲んだ。自分の家だという安心感もあって、秀子は頭がしびれるほどに飲んだ。

食事の後、ソファに並んで座ってコーヒーを飲んだ。並んで座ったのは、向かい合うと直彦がテレビに背を向けることになるからだった。しかし、テレビはニュースを観ただけで、後は消して話の続きに熱中した。

並んで座った直彦から男の匂いがした。秀子は夫の匂いは嫌いだった。だが直彦の匂いは嫌いではない。忘れていた性の記憶がよみがえったが、今夜、いきなり直彦が求めてきたら、嫌いになるのではないかという不安があった。

直彦が潤んだような目で秀子を見ると、秀子は身構えるように体を固くした。しかし、直彦は何もしてこなかった。

直彦は、九時になるとあわてて立ち上がった。

「こんなに遅くまで、甘えてしまって……」

直彦は深々と頭を下げた。

何もなかった安堵とともに、少しの物足りなさを秀子は感じた。

コートを着せてやるとき、マフラーが少しくたびれている感じがした。クリスマスのプレゼントはマフラーにしようと考えて、秀子は楽しくなった。

「お風邪ぶり返さないかしら？」

秀子は心配して言った。

「寄せ鍋とワインで治ったみたいです。明日は体操に出ますよ」

直彦は笑った。

玄関のドアを押してから、直彦は振り返って言った。

「握手してください」

秀子は素直に手を差し出した。

固く握られた手に直彦の意思が感じられた。秀子はやさしく握り返した。

「手をよく洗ってください」

直彦は笑った。

「？？……」

「風邪移るといけないから……」と直彦は秀子の目を見つめた。

殉　愛

5

直彦と秀子が肉体的に結ばれたのは付き合いが始まって半年以上の時間が経過していた。お互いが好きあっていることは二人とも最初から意識していた。それなのに、結ばれるまでに六ヵ月という時間がかかったのは、年齢が身に付けている節度と秀子の夫の三回忌が過ぎてからにしようという直彦の配慮のためだったかもしれない。

朝の体操が終わってから、そのままラウンジに行って昼まで話し込み、ビールを飲んで昼食をとり、そのまま三時ころまで話し込んだこともあった。ほとんど、一日の大半を二人で過ごしていた。恋愛経験のない秀子は、恋人同士というのは、みんなこういう風にするものかどうか計りかねていた。

秀子は直彦と話していると、とにかく楽しいのである。時のたつのも忘れてという言い方があるが、直彦といるといつの間にか時間が経ってしまうのである。

一度、自宅に招いてから、しばしば自宅に直彦を呼んだ。体操が終わってからラウンジというコースではなく、秀子のマンションに直行することもあった。そんなおり、話疲れて昼寝をすることもあった。そのときは直彦はソファで眠り、秀子は寝室で眠った。ベッドに身を横たえた秀子は、《今直彦が寝室に入ってきたら、自分は許すだろうな》と考えることがあった。しかし、直彦はそんな振る舞いをしなかった。

何時、何処でということはなかったが、二人はお互いに相手に愛の意思は表明していた。二人は恋人同士であることをお互いは確認していた。

体操に出ている人たちの何人かは、二人をそんな目で見ていた。周囲から恋人同士に見られていることに、秀子はあまり気にしていなかった。お互いに配偶者がいるわけではなかったから、直彦との関係に背徳的なおもいを抱いていなかった。

「あら、あなたの彼、今日はお休み?」

そんなことを語りかけてくる主婦もいた。

「今日はゴルフで埼玉に出かけています」と秀子も淡々と答えた。

中には「早く一緒にお暮らしになれば?」などと、けしかける人もいた。ずばり、結婚を勧める人もいた。

「さあ……、それはどうですか?」と秀子は苦笑することもあった。何しろ、二人には肝心の肉体関係はなかったのだから、秀子も自分たちの関係はどこまで深まるのか、皆目見当がつきかねていた。

あるとき、直彦から絵のモデルになってもらうように頼まれた。

「来年の秋の市民芸術祭に出品しようとおもうんだ」

正直、秀子は驚いた。

「裸になるの？」

直彦は腹を抱えて笑った。

「まさか、そのままでいいんだ。《女の愁い》という題名であなたを描きたいんだ」

「若い女の人がいいわよ」

秀子は辞退しようとおもった。

「私はあなたの愁いに満ちた表情がたまらなく好きなんだ。あなたとの関係がこれからどうなるにしろ、あなたの絵を手元に残しておきたいんだ」

直彦の真剣な表情に秀子は負けた。

毎週一回、秀子のマンションで一時間、直彦のためにモデルになった。絵が完成する少し前に直彦は言った。

季節は五月の半ばになっていた。

「お礼に旅に招待したいんだけど……」

直彦は少し居住まいを正すように少し改まった口調で言った。

「旅ですって?」

「そう、旅です」

少し表情を固くして直彦は言った。

「はい、楽しそうですわ。旅だなんて……」

秀子は自分の内部から動悸が聞こえるような気がした。

「車で出かけます……」と直彦は微笑みながら言った。

「ドライブ旅行ですか?」

「そうです」

「お疲れになりません?」

「疲れてもいいんです。あなたのためですから……」

直彦は意味ありげな視線を秀子に向けて言った。誰が聞いても愛の言葉だった。秀子は直彦の愛の言葉を受け入れるのに何の抵抗もなくなっていた。秀子の心もその言葉を受け入れるのに違和感を感じないほどに熟していた。

その証拠に交際が始まって五ヵ月以上になるのに、初めて口づけを交わしたのはその夜だった。初めての口づけは激しい口づけだった。

秀子の頭は真っ白になり、思わず膝が折れて、直彦に抱きとめられた。このまま、ベッドに運んでほしいと秀子は願った。

自分の口から、《ベッドへ》と呟こうとしたときに、直彦は耳元で言った。

「新婚旅行まで取っておこうね……」

秀子は荒い息を吐いたまま、思わず側のテーブルに手をついた。崩れた姿勢のまま首を振った。嫌よという意思表示のつもりだった。それまで待てない、今、あなたが欲しいという意味で首を振ったのに、直彦は何を勘違いしたのか悲しげな表情で秀子に謝った。

「ごめんね。ずっときみを欲しかったんだ」

秀子は直彦の勘違いがとても切なくて、急に涙があふれた。

「ごめんよ。ごめんよ」直彦は秀子の涙を自分の指で拭き取りながら何度も詫びた。

秀子はますます悲しくなってしゃくりあげた。

6

秀子と直彦は旅の一夜で結ばれた。直彦は、その旅行を《新婚旅行》と呼んだ。還暦を過ぎたのにこんなにも鋭い感覚が訪れたことに、秀子は不思議な気持ちを抱いた。

死んだ夫との間に三人の子供がいたが、夫との性の営みの中で、秀子は激しい性の感覚を与えられたということはなかった。秀子は夫との性に対して、遠い内部に感覚を抑制する気持ちが働いていたことを知っていた。憎んでいる夫によって性の悦びを与えられることに秀子は屈辱を感じた。悦びに似た恍惚感が体の奥に湧いてくると、秀子は夫の愛人のことをおもった。夫は愛人に対しても同じことをしていると考えると、うずき出すような感覚が急に体の中から消えていき、虚しい現実に引き戻された。自分の体の上でうごめいている夫が醜く、おぞましく、耐え難い嫌悪を感じた。

直彦によって与えられた性の悦びは、秀子にとって初めて味わう感覚といってよかった。性愛に、こんなにも甘美な恍惚感があるということに秀子は感激した。

体で結ばれたその後から、直彦への愛しさが秀子の中で倍増した。直彦という男は、秀子にとってかけがえのない人だというおもいだった。

秀子は直彦を見つめているると悲しくなってきた。愛の究極は悲しみに似たおもいであることを秀子は生まれて初めて知った。悲しいほど好きだという想いだった。直彦をじっと見つめている秀子に言う。

「何か顔に付いている?」と怪訝な顔で直彦が訊く。

「ううん」と首を振った後に秀子の瞳に涙があふれ、頬を伝って流れた。

「どうしたの? 何かいけないことをぼくが言った?」

直彦は不安そうに秀子を見つめて訊く。

「何でもないのよ。あなたの顔を見ていると悲しくなるの」

「どうして? それってぼくがいけないってことじゃないの?」

「そうじゃないわ。好きなのよ。泣きたくなるほど好きなのよ」

「変なの……」

「そうよ、私って変なの」

そう言って秀子は直彦の腕の中に倒れこんだ。

結ばれた当初は毎日のように肌を合わせた。六十歳もとうに過ぎた男と女にそれほどのエネルギーが残っていたのかと思わせるほどに激しい愛欲の日々が続いた。

毎日でも鋭い感覚は衰えなかった。秀子は凄惨なやつれ方をした。目のふちに黒い隈ができて頬がこけた。何度でも激しい恍惚が秀子の内部を稲妻のように貫いた。

「これじゃあ、二人とも死んでしまうかもね……」

激しい愛撫が終わって天井を見上げながら直彦は呟いた。

「これで死ねるなら私幸せだわ。あなたは怖いの？」

凄惨な顔で秀子は言って直彦の裸体にしがみついた。

求め、狂って、登り詰め、果てると泥のように眠った。

直彦のいないときは秀子は眠っていた。激しい愛撫の後に空腹を感じて満腹するほど食べるのに太らなかった。秀子は自分で胸に触って判るほどに痩せた。不思議なことに痩せると肉の悦びが鋭くなった。

そんな愛欲の日々が二ヵ月くらい続いて、やっと秀子は自分を取り戻した。愛欲の嵐は鎮まったが、直彦への愛はいっそう深まった。

何度か子供から電話があった。

「これから訪ねていい？」

娘は一緒に買い物に出かけたいようだった。

「今から急用で出かけるの。ごめんなさい」

娘の電話を秀子は二度断った。長男から子供の誕生パーティの招待があったが、そのときも、お祝いの品と金一封だけを送って、秀子は出かけなかった。

子供にも孫にも急に興味は失われていた。秀子の関心は直彦だけに向けられた。子供のためだけに半生を犠牲にした、盲目的な母の愛はどうしてしまったのか、秀子は今の自分を考えると、とても昔の自分が信じられない気持ちだった。

直彦は月のうちの半分は秀子のところで過ごした。朝の健康体操は、秀子の家から出かけ、二人揃って、再び秀子の家に帰ってきた。

直彦は、秀子の家に泊まるたびに長男のところに連絡を取っていたが、外泊が続くので長男も直彦の行動に不審を抱いているようであった。

洗濯物はどうなっているのか、直彦に長男の嫁から電話がかかってきた。

「お父さん何処に泊まっているんですか?」と長男はあきれた声で直彦に言った。

二人の関係について、直彦も秀子も子供たちに真相を話さなければならない時期にきていると考えていた。

直彦は結婚しようと秀子に言った。秀子にも異存はなかった。二人がこのまま離れ離れに暮らすことは考えられなかった。直彦が死んだら自分は生きていけないだろうと秀子は考えていた。

死ぬまで二人は一緒に暮らして、直彦が死んだときに秀子の生涯も終わるのだと自分の心にくっきりと刻み付けていた。

直彦も秀子も結婚は当然の成り行きだと考えていた。

直彦の子供も秀子の子供も、自分の親の行動に首をかしげ始めていた。二人は子供たちに全てを話して、結婚を承諾をしてもらわなければならないと考えた。

秀子は話せば案外簡単に子供たちは了承してくれると楽観していた。

7

子供たちは簡単に了承するだろうとおもっていたのに、秀子の結婚話しは予想に反して紛糾した。子供たちは秀子の結婚に反対だった。

最初に秀子は夫の跡を継いで会社の社長におさまっている長男に話した。

「やはり、そうだったのか?……。久子が、電話でこの頃お母さんの素振りがおかしいと言ってきた。本当だったんですな」

長男は眉間にしわを寄せて、独り言のように呟いた。久子というのは末の娘で長女だった。幼いときからお母さん子で、自分に子供が生まれても秀子にべたべたと甘えていた。その久子だけは、秀子の結婚を少しは淋しがるだろうとおもっていたが、大いに祝福してくれるとおもっていた長男までが、あまり歓迎ではないようだった。秀子は自分の結婚は子供たちはあっさりと受け入れてくれるとおもっていたのに、それが予想とはうらはらで、秀子は困惑の表情を浮かべて長男を見た。

「お母さん、一人で生きていくのは淋しいのですか?」

長男は秀子に鋭い視線を注いで言った。

秀子は正直、淋しいなどと考えたことはなかった。

「さあ……」と言って秀子は静かに笑った。

「淋しいなら、家に戻ってくればいいんです。部屋だってたくさんあるんだし、子供たちもお祖母ちゃんが帰ってくれば大喜びしますよ……」

「淋しいから、その人を好きになったわけではありません」

秀子は言った。秀子は直彦と出逢ったのは運命だと言いたかった。しかし、実の子供に恋する女の気持ちを語ることは母親として抵抗があった。

「お母さんはその人のことが好きなんですね？」

「ええ、好きです」と素直に言って顔を上げたが、長男と目を合わすことができなかった。本当は、好きですと言った言葉に「とっても」と付け加えたかったが、その言葉は口に出さずに飲み込んだ。

「お父さんの三回忌が終わったばかりなのに、お母さんは自分の行動をどうおもっているのですか？」

息子の言葉に「お父さんなんか愛していなかった」とはさすがに言えなかった。

「私は恥ずかしいことをしているとはおもいません」

秀子はやっとのおもいでそれだけは言った。

「もし、私たちが反対したらどうしますか？」

「反対なんかしないでちょうだい」

秀子は笑って言おうとしたが頬がこわ張って笑顔にはならなかった。

「困ったな……」と長男は腕を組んで天井を見上げた。

「どうして困るの？　私の問題よ。あなたたちには配偶者もいれば、子供もいるじゃないの。私の老後は私で決めたいわ」

秀子は毅然と言ったつもりだったが、長男は秀子の言い分に対しては答えず、固い表情をゆるめることはなかった。

「いずれにしても、ぼくだけでは何とも言えない。義次や久子の考えを聞かなければ何とも返事のしようがないな」

長男の言葉に、秀子は直彦との結婚について、子供たちの了承を得るのは案外難しいことを感じた。

秀子は、その日重い足を引きずってマンションに戻った。

今日、直彦も子供に結婚の意思を告げるために自宅に帰った。その日の夜、直彦は戻らなかった。

夜遅く、直彦からの電話かとおもって出たら長男だった。

「今度の日曜日、義次も久子も呼んである。母さんも来てください。家族会議をしましょう。みんな驚いていましたよ。お母さんが結婚したいと言っているというと久子は電話に出て泣き出しました」

長男の電話で、秀子は自分の結婚の意思は子供たちによく思われていないことを感じた。うかつなことだがこれは秀子は予測していないことだった。母親として何となく子供たちの気持ちもわかる気はしたが、しょせん子供と親の生きる道は違うのだと秀子は自分に言い聞かせた。最悪の場合、子供の反対を押し切っても直彦と結婚するという最後の決断をしなければならないと秀子は覚悟を定めた。

直彦は直彦で、暗い表情で翌日の昼に帰ってきた。直彦の場合、結婚そのものを反対されたというより、子供たちは、実母の協力もあって作った財産が見知らぬ女の手に渡るのが割り切れないということで反対されたのだという。

このことを説明するのに、直彦は秀子を傷つけないように気を使ってたどたどしく語る言葉に、直彦が気の毒だとおもいながら聞いた。秀子の場合は、子供たちが結婚に反対するのは、財産うんぬんというよりも、子供たちは母が見知らぬ男と結婚することに違和感を感じているためだった。財産が惜しいための反対なら、全財産を放棄すれば解決する。直彦のほうは自分より案外簡単に解決するのではないかとおもった。

直彦が結婚を口にするようになってから、ときおり、秀子の行く末について語ることがあった。

「ぼくが先に死ぬようなことがあっても、きみが路頭に迷うことはないようにするから、安心して結婚してくれないか？」

直彦はそんな意味のことをしばしば口にした。

秀子は老後の蓄えは十分にあったので、生活の不安は感じたことがなかった。それより何より、直彦の愛が欲しかった。そして、命をかけて直彦を愛し抜きたいとおもった。

長男と会った四日後の日曜日、秀子は長男の家に出かけた。秀子を迎える子供たちの表情は固かった。

何でこの年になって結婚したいなどと母が言い出すのが不思議だというのが子供たちの共通のおもいのようだった。

秀子の直彦に寄せるひたむきな愛情についてはだれも理解できないのである。秀子にしても、子供たちに直彦を死ぬほど愛しているとは言い難かった。なかなか結論は出なかった。

秀子はもどかしかったが、正直に気持ちを伝えることができなかった。

「お母さんその人のこと好きになったんだね？」

エンジニアの次男義次は、淡々とした口調で秀子に訊いた。

「ええ。そうです」

秀子も冷静を装って答えた。

「ねえ、結婚なんかしないで、恋人同士でつき合ったら……。いずれ好きという気持ちが薄れてくることだってあるとおもうわ。そのとき別れるって言っても、お互いに年寄りになっちゃうよ」と末の娘は言った。

「今だって年寄りだよ」

長男は大きな声で笑った。みんなも声を合わせて笑った。秀子は傷ついたが唇を噛んで耐えた。

「そうだそれがいいよ」と次男は妹に同調した。恋人同士でいいではないかという久子の意見に義次は賛同したのだ。

次男は笑いを消してまじめな顔で続けた。

「お母さん、結婚して、一緒に暮らすということじゃなくて、若い人たちのように外でデートするということでいいではありませんか?」

秀子はとうてい自分の意見は受入れてもらえないと感じた。秀子は、自分たちの恋はそんな生易しいものではなく、命がけで愛しあっているのだ。しかしそのことを、子供たちに告げるのは母親としてためらわれた。

長男は、秀子に向かって訊いた。
「相手の男の人はお金のあるひとですか?」
「どういう意味なの?」と秀子は首をかしげた。
「その人、お母さんと結婚したいというのは、まさかお母さんの財産を当てにしていると
いうことはないでしょうね?」
長男は失礼なことを言ったが、そういう見方もあるのかもしれないと、秀子は怒りの感
情を抑えて長男に答えた。
「その人、一級建築士で、大きな会社の工務部長で定年迎えた方です。それに、今でも仕
事をフリーで受けていて、それなりの収入があるとおっしゃっていました。私の財産を当
てにするようなさもしい人ではありません。そんな変な人をお母さんは好きになったりし
ません」
子供たちは秀子の弁解を白けたような顔をして聞いた。母が命をかけて愛している人が
いるというこを、我が子に伝えられないもどかしさに秀子は淋しさを感じていた。子供は
幾つになっても母は自分のものだと考えているのかもしれなかった。自分たちも子を持つ
父であり母であるのに、いざ自分の母ということになると、母はいつまでも昔の母親のま

まと考えているのだ。

秀子は母として子供たちに愛を注いできた。子供のために茨道《いばら》を歩くような結婚生活にも耐えた。しかし子供たちがそれぞれ配偶者を見つけて秀子から離れて行ったとき、心の中で我が子に決別していた。今まで母として秀子は命を的にして我が子を守ってきた。だが、子供たちがそれぞれの伴侶を得て結婚をしたとき、秀子は、これで庇護者の勤めは終わったと感じた。その想いは、一抹の淋しさの中のかすかな安堵感であった。

《今度はおまえたちが自分の子供の庇護者となって生きなさい》

秀子は心の中で結婚する子供たちに語りかけたものだった。

まさか、自分を置き去りにして去っていた子供たちから、自分の恋愛で総攻撃を受けることは想像もしていなかった。

結論の出ないままに家族会議は終わった。

泊まっていけという長男のすすめを断って秀子は夜遅くマンションに帰った。部屋に入るとリビングで直彦はブランデーを呑んでいた。

直彦も今日は子供たちと話合いを持ったはずである。直彦の表情から話はあまり良いほうに進展していないと秀子はおもった。

その晩、直彦も秀子も深く酔うほどに酒を呑んだ。ブランデーに始まって、ワイン、ビールとふだんの逆のコースでしたたかに酔った。最初は相手を不快にさせないように、気を配っての弾まない会話だったが、酔った勢いで言い難かったことを直彦は秀子に告げた。

「子供たちは断固結婚に反対だと言いました」

直彦は少し呂律の回らない口調で言った。

「私のところも結論は出ませんでした……。結局、私の結婚はこころよくおもっていないということですね」秀子もこめかみを人差し指で押しながら顔を歪めて言った。

直彦のところで出た結論は、子供たちは生前贈与してくれたら好きなようにしても構わないというような結論だったという。

「あなたに私の財産を乗っ取られるとおもっているんです。家も子供の名義にして、身一つで出て行くなら、結婚してもいいと、子供たちは言うんですよ」

「ひどいわ」と秀子は涙をこぼした。

「そうです。ひどい話です」

それから、どんな話を交わしたのか、記憶は混乱していたが、翌日、目覚めた後まで秀子の脳裏に刻まれていたのは「あなたはこの家に裸で転がり込んでくればいいいわ」と語った言葉だった。それについて、直彦はどう答えたかは思い出せなかった。翌日も朝から二人の結婚について話し込んだ。その結果、二人は籍を入れずに同棲するということだった。これが一番すんなりと事が運ぶという結論だった。

財産目当や打算の結婚ではなく、二人は真実愛しあっているのだから、入籍なんかにこだわらないという気持ちがあった。これなら、子供たちも反対する理由がなかった。子供じゃあるまいし、愛しあっているものが一緒に暮らすのに文句があるかという想いだった。これで一件落着とおもって、秀子は次の日曜日にも子供たちに集まってもらった。

「二人は今のお母さんのお家で暮らすの?」

久子が疑問を呈した。

そのことについて秀子は深く考えてはいなかった。当然のごとく直彦が秀子のもとで暮らすものとばかり考えていた。

「やはり、その人は、偉そうなことを言っても、何のリスクも背負わずにお母さんの世話になるんじゃありませんか?」と、長男はなじるような目を秀子に向けて言った。

「お父さんが買ったマンションに、お母さんが男を引き込むようで嫌だわ」

眉をひそめて久子は言った。

売り言葉に買い言葉で、マンションは子供たちに提供すると秀子は言った。

「私たちは別な場所にお家を借ります」

秀子はそう言ってこの話を打ち切りにした。

「別れたら、いつでも戻って来ていいんですよ。お部屋はたくさんありますからね」

長男は言った。

秀子は返事をしなかった。心の中で直彦との愛は永遠で、別れるときは死ぬときだと考えていた。

8

秀子は、京王沿線に小さな畑の付いた平屋の中古の一戸建てを買って直彦と一緒に住むことになった。家の購入資金は直彦が出した。秀子は籍は入れていないが、近所の人たちは夫婦だと見ていた。表札は直彦の名字の「山瀬」と掲げ、秀子の表札は名前だけだった。表札の出し方も夫婦だった。

正式な結婚ではないから、お互いの子供たちを相手に紹介する必要もなかった。秀子は余計な気を使わずに済んで良かったと考えていた。結婚というような形式に縛られることで、純粋な愛が世俗の垢に汚されるのではないかと秀子には一抹の不安があった。その憂いがなくなったことを秀子は心のうちで喜んでいた。

直彦の長男の嫁が直彦の家財道具を運んで来たときに、近くの寿司屋で直彦と嫁と一緒に食事をしたが、嫁は愛想が悪く、秀子に警戒心を抱いているようだった。あまりいい気はしなかったが、秀子の子供だって、直彦を紹介すればもっと心を閉ざすかもしれないと考えると、嫁の態度はさもあるだろうと、秀子は内心苦笑して見ていた。直彦の子供たちは、秀子が父親を誘惑したと考えているようだったが、秀子の子供たちも、いい年をして母親は男に騙されていると考えていた。

「こんな形になったことはすまないね。それでもきみの老後の心配はないようにするから安心していてくれ」

直彦は結婚という形を取れなかったことを何度も恐縮して秀子に謝った。それに対して秀子はいつも答えた。

「私、あなたが死んだ後の老後なんて考えていませんから……」

秀子は笑いながら言ったがその気持ちは本心だった。

夫婦のように、同じ屋根の下で暮らす日々は秀子にとって幸せな毎日だった。夫婦でもこんな幸せは感じることはないだろうと秀子は毎日のように考えていた。少なくとも夫と暮らした四十年間にこんな幸福感を感じたことは一度もなかった。

直彦と庭にトマトや花を植えた。建築士というのは大工の真似ごともするのか、畑に柵を作ったり、家の中に棚を吊したりするのを直彦は器用にやってのけた。

取り立てて特別な日課というものではなかったが、秀子にとって毎日がいつも新鮮だった。畑仕事も、夕餉の買い物も、晩酌も、テレビも、直彦と暮らしているというだけで、満ち足りていた。

ベッドをダブルベッドにしようと提案したのは秀子だった。

「家具屋にちょっと恥ずかしいな」

直彦は照れたが、秀子の提案を受け入れた。

手を握りあって取り留めもない会話を交わしている間にいつの間にか眠った。抱かれて背中をさすってもらっている間に眠ることもあった。

夫に女がいることを知らずに新婚時代に夫に抱かれて眠った幾夜かはあったが、そのときは、恥ずかしさが先にたって素直な気持ちで甘えることはできなかった。何も知らないで戸惑っている間に夫の愛人の存在が露見した。戸惑いが憎悪に変わって、何十年間という歳月が流れてしまった。

　秀子は、もはや取り返しのつかない夫と暮らした憎悪の歳月を、直彦との愛を生きることで塗り替えようとしているのだろうかと考えることがあったが、正直な気持ち、秀子には自分の心の有り様《あよう》が判らなかった。

　秀子は、直彦と出逢ってからは、自分は生まれ変わって、別な女として生きているのではないか、と、おもうことがあった。六十歳も半ばになろうとする女が、命がけで育てた我が子のことも忘れ、世間への思惑も無視して、一人の男に少女のような健気な愛を捧げることができるなんて、自分の心が自分でも信じられない気持ちだった。

　秀子は男と女の真実の愛とはこのようなものだと考えることがあった。私はその愛を生きているのだと内心誇らしい気持ちもあった。

　子供たちと会うことも少なくなった。子供たちは子供たちで、住所も電話番号も教えているのに電話一本かかってこなかった。秀子はそれをむしろ歓迎していた。直彦のほうも同じようなものだった。秀子は内心そんな状態を『愛の孤立』と考えていた。

　孫の七五三、入学祝い、クリスマスの贈り物はデパートから直送した。さすがに正月は二日の朝に長男の家に兄弟が集まるのに、秀子も顔を出さないわけにはいかなかった。お年玉は、孫の分と秀子が嫁いだころからお手伝いさんとして住み着いている、今ではばあやとなったお手伝いの分を用意して出かけた。しかし夕方には早々と引き上げて直彦との愛の巣に戻ってきた。子供たちは泊まっていくのに、母親が帰ってしまうのをどうおもっているのか、子供たちの気持ちを忖度すると、少し薄情な気がしたが、秀子は愛の孤立を貫こうとしていた。

最初の二年ばかりは、相手の男のことを知りたがって、それとなく子供たちは質問をしたが、今では訊いても意味がないとおもったのか、特別に話題にのぼることもなかった。

「お母さん、幸せなの?」と訊かれ、いつも決まって「幸せよ」と答えた。幸せと答えると、子供たちは複雑な顔をしてお互いに顔を見合わせていた。

「お母さん痩せたんじゃないの?」

下の娘の久子に言われたときは一瞬、秀子は顔を赤らめた。確かに夜の営みが激しくて、直彦も秀子もいつも痩せていた。

何で顔を赤らめたのか、久子は気がつかないようだった。六十半ばの女と七十歳に手の届く男との性の営みが激しいとは常識では考えが及ばないのも当然である。

直彦と秀子の濃密な愛の暮らしは五年目を迎えていた。

「ぼくが七十五歳になったら、ゴルフ場が近くにある老人ホームに引っ越そうね」

この二、三年の直彦の口ぐせだった。実際に直彦は老人ホームのカタログなどを取り寄せて熱心に目を凝らしていた。自分が建築士だけに、建物のデザインや立地条件などに厳しい評価をくだしていた。

「一度、二人で体験入居してみよう」

「正式な夫婦じゃなくてもいいのかしら……」秀子の唯一の不安だった。

「法律的にも事実婚というのがあるんだ。心配ないさ」

直彦は笑った。

「それに、暮らしてから五年も経つんだ。子供たちだって、親の振る舞いなどそろそろあきらめているさ。それこそ財産の生前贈与でもして、強引に家を飛び出すさ。現に今だって家を飛び出しているようなものだ」

直彦の言い分ももっともだ。秀子の場合も、母親が他人の男を愛するという淋しさはもはや子供たちの中で半減している。愛の孤立を貫いている秀子に半ばあきれ、愛想をつかしている感じだった。子供たちにもそれぞれの家庭があり、母親への関心が薄くなるのも当然のことだった。結婚したいと言えば案外すんなりとことが運ぶような気がした。

9

直彦の家族より先に秀子は病院に着いた。すでに直彦は息を引き取っていた。秀子は号泣して直彦の体にすがった。何が何だか判らないまま秀子はただ泣き叫んだ。

ゴルフ場から付き添ってきた滝本も深刻な顔をして秀子にお悔みを述べたが、他人の言葉など秀子は耳に入らなかった。ただ、直彦はこの世にいなくなってしまったというおもいだけが秀子の頭の中を駆け巡った。

臨終に立ち会った若い医師は、何かを言おうとしても、秀子は取り乱して叫ぶので、困惑して頭を抱え込んでいた。年とった看護師に何事か指図すると病室を出ていった。

秀子は看護師の慰めも受け付けなかった。よくも白々しいことが言えるものだとただ反感を募らせて涙をしたたらせてにらみつけた。看護師も興ざめした顔で口をつぐんだ。

温もりの消えつつある直彦の頬に自分の頬をつけた。死者の顔が涙に濡れた。直彦の手を固く握ったが、明らかに直彦の手は血の通わない死者の手に変わりつつあった。

秀子は泣き叫んだが、直彦はぴくりとも動かなかった。

直彦の長男と嫁が駆けつけてきたのは秀子より二時間も遅れていた。

「息子さんですか？　今先生を呼んでまいります。お母さんは取り乱していて、先生は何も申し上げていませんのよ」

「このひと、母ではありません」

長男は言った。看護婦は怪訝な顔で病室を出ていった。

滝本は長男と初対面らしく、名前を名乗って改めて挨拶を交わしていた。挨拶の後、ゴルフ場で直彦が倒れたいきさつを説明していた。

秀子はきれぎれに聞こえる滝本の声に耳を傾けていた。二時間近く泣き叫んで、秀子の心は少し落ち着いてきた。落ち着くというより、泣き疲れ叫び疲れたのだ。どのような順序で直彦の死が処理されていくのか、秀子の関知できない場所で事務的に事が進んでゆくように思えた。

秀子は初めて妻ではない自分の立場の微妙さに気がついた。秀子の立場は無視されて、物事がどんどんと決められていった。

ひとまず遺体は病院の霊安室に運ばれることになった。秀子がついて行こうとして、長男に拒否された。

「あなたは帰ってください」

長男は固い表情で言った。

「帰る?」秀子はおうむ返しに訊いた。

「あなたが父を殺したんですよ」

さすがに長男は声を低め、みんなには聞こえないように秀子の耳もとでささやいた。

秀子の顔は一瞬青ざめたが、秀子も声を発しなかった。長男が耳もとで呟いているのに秀子が大きな声を出すわけにはいかなかった。秀子はすでに泣く気力を失って立ちつくしていた。

「帰ってください」

長男は入口に向かってあごをしゃくった。

医師も看護師も秀子は正式な妻ではないことに気がつき始めていた。秀子を無視して長男とばかり話をしていた。事情を知っている滝本は気の毒そうな視線を秀子に向けた。

秀子はハンドバッグを取り上げると誰にも挨拶せずによろめくように病室を出た。直彦をみんなの手で、取り上げられてしまったという深い絶望感があったが、心の隅に、直彦の霊魂は、すでに二人の愛の巣に帰っているような気がした。

早く家に帰らなければ、直彦は淋しがっていると秀子はおもった。

秀子は病院の前に停まっているタクシーに乗った。最寄りの駅ではなく、行く先は自宅の場所を告げた。遠方なので、運転手は京王線の駅名を言って念を押した。電車を乗り継ぐほうが早く着くような気がしたが、切符を買うのも、駅の階段を登り降りするのもおっくうな気がした。このまま、直彦の遺骸のそばにいたい気持ちがあったが、直彦の遺骸からは霊魂が抜け出て、きっと二人の愛の巣に戻って、秀子の帰りを待っていると考えると、深い悲しみが少し薄れるように感じた。

タクシーを降りると秀子は寝室に駆け込んだ。直彦のパジャマがきちんとたたまれてベッドの上に置いてあった。今朝、直彦が自分でたたんだパジャマである。秀子はパジャマの上に顔を伏せた。直彦の体臭が鼻をつくと、再び涙が湧き出てみるみるパジャマを濡らしていくのが判った。

――生きてはいけない。

秀子は涙で濡れたパジャマを抱きしめながらおもった。

秀子は痩せた。髪は少し白髪が増え、頬がこけ、目がくぼみ夜叉《やしゃ》のような顔になった。食欲がなく、毎日泣いてばかりいるのだから、容貌が変わるのも当然だった。

直彦の長男が訪ねてきたのは直彦が死んでから一ヵ月ほどしてからだった。秀子にこの家を出ていってくれというのだ。

「この家をぜひ売ってくれという人がいるんです」

長男は言った。

「私は行くところがありません」

「何をおっしゃっているんです。あなたは何代も続く老舗の漬け物屋の大奥さんじゃないですか？　調べてみましたよ。こんな小さな家じゃなくても、世田谷に大邸宅があるじゃありませんか」

「世田谷の家は息子に譲ったもので、私の家じゃありません」

秀子は放心したように言った。

「息子さんはあなたの実の息子でしょう。何も遠慮することはないでしょう。男遊びなんかしないで、息子さんのところに戻られたらどうですか……」

長男は嫌味な言い方をした。

「あなたのお父さんとの付き合いは遊びなんかじゃありません」

秀子は言ったものの、心の底に穴が開いているような空虚なおもいはどうしようもなかった。何を言ってみたところで、直彦は帰ってこない。

遊びだったらどんなにかよかったのに……。私には、直彦を失ったこれからの人生を生きていく気力がない。

秀子には、何かに執着するというおもいはなくなっていた。どうにでもなれという気持ちだった。ただ、直彦と住んだ思い出の家を失うことのつらさがあった。しかし、この家に住み続けて年を重ねていくのはあまりにもつらすぎるような気がした。

「来週でも父の家財道具を受取に来ますから整理しておいてください。銀行の通帳や印鑑も揃えておいてくださ い。現金は父が管理していましたから、保管しているはずです」

長男は鋭い目付きで部屋の隅々を見回した。

秀子は息子が帰った後、寝室にもどって線香を点した。あの日以来、秀子は直彦のパジャマを飾って線香を点して手を合わせていた。直彦の遺髪も爪の一片も秀子のもとに残されていなかった。直彦のもので残っているものはパジャマだった。秀子はパジャマに向かって祈りを捧げた。

「来月、この家を明け渡します。あなたのパジャマとあなたに描いてもらった私の肖像画だけを持ってこの家を出ます。全てが無くなっても、あなたの霊魂だけは私とともにあることを私は信じています」

秀子は口に出して呟いた。

ベッドの横にある小さな金庫を開けた。直彦に万が一のときのために金庫の開け方を教わっていた。家の権利書、重要書類、預金通帳が五冊と幾つかの印鑑が出てきた。通帳の一冊を開けてみると、二千数百万円の残高が記されていた。もう一冊にも同額の預金があった。ほかの残された通帳を見る気が秀子には失われていた。

生前に直彦は、家も預金も秀子名義にしなければと時折漏らしていたが、秀子はその必要性をあまり感じていなかった。直彦のいない人生に、いくら財産を残してもらっても意味がないと考えていた。そのおもいは今でも変わらなかった。直彦にいくら財産があろうが、秀子は無関心だった。この通帳も書類もみんな直彦の息子に返そうとおもっていた。

金庫の奥に小さな小瓶があった。直彦は秀子にこの小瓶を見せて言ったことがある。

「これは青酸カリだよ。自殺用に工場から少しだけくすねてきたんだ」

直彦は楽しそうに笑った。

殉　愛

「あなたが自殺することってあるのかしら」

秀子の言葉にちょっと考えるような目をして、

「そうだな……。きみが死んだときかな」

とまじめな顔をして言った。そのときそれほど自分を愛していてくれるとおもって秀子はうれしかった。

小瓶を手にとって秀子は五年前のあのときのことを思い出していた。

秀子は小瓶だけを取り出して金庫を閉めた。

窓の明かりに小瓶を透かし見てから、秀子は小瓶を握りしめてベッドに座った。秀子はうなだれてしばらく考え込んでいたが、やがて立ち上がるとベッドのサイドテーブルの上に置いてあったハンドバッグに小瓶をしまった。

10

秀子は直彦の長男が訪ねてきてから二日後に世田谷の長男のもとを訪ねた。直彦の描いた自分の肖像画と、自分の下着類とコートと幾つかの品物を預かってもらうためだった。

「お母さんずいぶん痩せたね」驚いたように息子は言った。

「そうかしら、このごろ食欲も出てきたし、元気になったわ」

秀子は心にもないことを言った。

「昨日の電話で初めて知りましたよ。彼、亡くなったんですって？　驚いたな」

「突然だったもんで……。私もびっくりしたわ」

「やはり、お母さん籍が入っていないために面倒なことは少ないでしょう？」

息子はとんちんかんなことを言った。

「向こうの子供さんたちがみんな処理してくださったわ。私は何もしないで泣いていいただけよ」と言って秀子は笑った。

「お葬式に、お母さん出たのですか？」

秀子は首を振った。

「そうだろうな……。向こうの子供さんたちにとって、お母さんは敵《かたき》みたいなものだからな」

息子は容赦のない言い方をした。それから
「私にとっても、死んだ彼は敵みたいなものだ……」と付け加えた。

秀子は放心したしたような気持ちで息子の言葉を聞いていた。だれが何を言おうが直彦は生きてはこないのだとおもうと、反論する気にも言い訳をする気持ちにもならなかった。

「お母さん、今の家に住み続けるの？」

「出ていってくれと言われたわ」微笑みながら小さい声で秀子は答えた。

「冷たいものだな？　それでお母さんは何て言ったの？」

「何も言わないわ。はいって答えました」

「人がいいんだな。お母さんは……。慰謝料だって請求できるんですよ」

長男は厳しい表情で言った。

「私、なにもいりません。欲しいものなんてありません。何しろ、あの人はもう死んでしまったのですから……」

秀子は素直な気持ちで言った。

「子供みたいなことを言って……。これからお母さんは生きていかなければならないんですよ」

「そうですわね」と、秀子は他人事《ひとごと》のような言い方をした。

「いつでも帰ってきていいんですよ。お母さんの家なんですから……」

息子のやさしい言葉に目頭がうるうるしたが、秀子は、おそらく自分は帰らないだろうという気がした。子供や孫と暮らす日常の中に帰ってしまえば、直彦との愛の月日は跡形もなく消え失せてしまいそうな気がした。秀子とともに直彦の霊魂があるというおもいは、病的な狂信となって秀子の心に巣くっていた。秀子が息子のところに戻ってしまえば、直彦の魂の居場所が無くなるような気がした。私は直彦の霊魂を抱いて死んでいかなければならないと秀子は大真面目に考えていた。

死ぬことばかり考えていたが、どのようにして自決すればいいのか、秀子はあまりにも多い選択肢に行き暮れたおもいを抱いていた。

直彦と暮らした思い出の家で自殺するのが一番ふさわしい気がした。あの家に直彦の魂が帰っているのだから自決の場所としてはこの上ない条件が揃っていた。

自殺する前に、五年前、直彦と行った阿部川の源流にある温泉地を訪ねてみようとおもった。直彦の魂と一緒に思い出の地で三日間、ゆっくりと過ごしてそれから帰ってきて、寝室で小瓶の毒を飲もうと心に決めた。

死を決意すると、秀子の心は落ち着きを取り戻した。秀子は、直彦が死んで初めて悲嘆の泥沼から這い上がった気がした。

久しぶりにワインを呑んだ。直彦の写真と向かい合って、秀子はグラスをかたむけた。

ほぼ四十日めのワインだった。腹の底から熱いものが湧き上がって、秀子の悲しみを溶かしてくれるように感じた。ワインは美味しかった。酔いが回ってくると、直彦の声が聞こえてくるような気がして秀子は耳をかたむけた。

翌週、直彦の身の回りのものを受取りに、長男が軽トラックを運転してきた。秀子は重要書類や印鑑、預金通帳、全てを揃えて長男の前に並べた。

「これだけですか?」

長男は秀子に視線を向けて言った。先月の始め、生活費として預かっていた現金も長男の前に並べた。死んでいく身には何も要らなかった。持ち去られて困るものは数日前に息子のところに預けてあった。

「すぐとは言いませんが、なるべく早くこの家を明け渡してください」

長男は立ち去る前に言い残した。

長男はありとあらゆるものを持ち去った。直彦のパジャマだけは、秀子専用のクローゼットに吊していた。直彦の長男は、テレビと茶箪笥だけを残して全てを持ち去った。

直彦と暮らしていた生活感は家具が持ち去られると無くなってしまった。直彦の思い出まで運び去ったとおもうと、涙がにじんだが、直彦の霊魂までは持ち去られてはいないと考えると悲しみは癒えた。

死を決意した秀子の心の中は、名状しがたい清々しさに満たされていた。死について考えることだけが秀子の生きる張りになっていた。

秀子は白い帷子《かたびら》を用意した。死ぬ直前、入浴し、素肌の上に帷子を着て毒を飲もうと考えていた。直彦と愛し合ったベッドの上で死ぬと決めていた。

死の準備が終わってから、秀子は直彦と旅行した思い出の地に旅立った。ベッドの枕の下に小瓶を隠して出かけた。

心が満たされた旅だった。いつも直彦はそばにいた。美しい風景に出遭うと、直彦の写真を取り出して風景を見せた。

――あなたは霊魂なのだから何も写真に見せなくてもいいのよね。

心で呟きながら秀子は、思わず頬をほころばせた。

直彦と泊まったホテルの同じ部屋に泊まった。ゴールデンウィークはとうに過ぎていたが、行楽シーズンで部屋が空いていたのは不思議だった。突然、今朝予約客のキャンセルがあって、それで部屋が空いていたのだという。

——これもあなたの仕業《しわざ》ね？

秀子は直彦の霊が客にキャンセルをさせるように仕向けたのだと信じていた。

——やはりあなたは私と一緒に旅をしているのだわ。

秀子はホテルに泊まっても二人前の料理を注文した。

「夕食を二人前？」客室係は怪訝な顔をした。

「亡くなった主人の思い出の場所なので供養のために来ているのです。陰膳です」

秀子は言った。しばらくすると、支配人が来て秀子に挨拶に来た。

「ご主人さまのご命日ですか？　そういうことなら、お料理一人前を私どもでサービスさせていただきます」

客室係は、どんな勘違いをしたのか、「亡くなった主人の思い出の場所に供養のために来た」と秀子が語ったのを、客室係は支配人に「主人の命日」と忖度して伝えたのだろう。秀子はそれも可笑しくて一人微笑んだ。

直彦のお膳を上座に据えて、秀子は向かい合ってワインを飲んだ。ときどき声に出して語りかけたりした。この間のように、酔いが回ってくると、直彦の声が聞こえてきた。耳をかたむけると、ホテルの下を流れる渓流の音がした。

秀子の二泊三日の旅は終わった。

バスの中でも帰りの新幹線の中でも、秀子は死ぬことばかり考えていた。死ぬことは怖くはなかった。直彦のいる霊界に入っていくのだと考えると楽しい気がした。だれのことも考えなかった。直彦のことをおもい、そして死ぬことばかり考えていた。

秀子の携帯電話に着信があったのは、間もなく新横浜に着くというときだった。直彦のことばかり考えていたので、直彦からの電話かと一瞬秀子は錯覚したが、直彦はこの世にいないのだとおもい直して、電話を取り出すと長男からだった。このまま切ってしまおうとおもったが、考えてみると長男からの電話は初めてのような気がした。ふと、何だろうといぶかしいおもいがした。

「もしもし」秀子は低い声で応えた。

「久子が大変なんだ。交通事故で病院に担ぎ込まれた」

「事故ですって?」

「すぐ来てくれないか、八王子の××病院だ」長男の声は緊迫していた。

「………」秀子はためらっていた。

「行きなさい」と、直彦の声が聞こえた気がした。

「すぐ来てよ。久子の亭主がおろおろしている。子供たちが可哀相だ。お母さん、すぐ駆けつけてよ。ぼくもすぐ行く」

長男の声は切迫していた。八王子なら、新横浜から横浜線で四十分ほどで行ける。さっき直彦の声が聞こえたが、直彦が行けというなら行くしかない。

秀子は愛人の顔から、子供を守る母親の顔に戻って立ち上がった。

新横浜駅に新幹線は滑り込んだ。

完

[著者プロフィール]

菅野国春（かんの・くにはる）

老人問題の講演を行う著者
（於：横浜開港記念館講堂）

昭和10年　岩手県奥州市に生まれる。
編集者、雑誌記者を経て作家に。
小説、ドキュメンタリー、入門書など、著書は多数。この数年は、老人ホームの体験記や入門書で注目されている。

[主な著書]

「小説霊感商人」（徳間文庫）、「もう一度生きる――小説老人の性」（河出書房新社）、「夜の旅人――小説冤罪痴漢の復讐」「幽霊たちの饗宴――小説ゴーストライター」（以上展望社）他、時代小説など多数。

[ドキュメンタリー・入門書]

「老人ホームの暮らし365日」「老人ホームのそこが知りたい」「通俗俳句の愉しみ」「心に火をつけるボケ除《よ》け俳句」「愛についての銀齢レポート」「老人ナビ」（以上展望社）など。

訊き書き　高齢者の愛と性―おとなのれんあい―

2018年1月28日　初版第1刷発行

著　者　菅野　国春
発行者　唐澤　明義
発行所　株式会社 展望社
〒112-0002
東京都文京区小石川3丁目1番7号　エコービル202号
電話　03-3814-1997　Fax　03-3814-3063
振替　00180-3-396248
展望社ホームページ　http://tembo-books.jp/
印刷・製本　株式会社フラッシュウィング

定価はカバーに表示してあります。

ISBN978-4-88546-344-0

菅野国春の俳句シリーズ

心のアンチエイジング　俳句で若返る

心に火をつける

ボケ除《よ》け俳句

——脳力を鍛えることばさがし

本体価格　１５００円（価格は税別）

頭を鍛え感性を磨く言葉さがし

通俗俳句の愉しみ

——脳活に効く

ことば遊びの五・七・五

本体価格　１２００円（価格は税別）